Singularités poétiques

Philippe Jacottet, Kathleen Raine,
Esther Dollohau

Approches littéraires

Collection dirigée par Jérôme Martin

Cette collection réunit des essais et travaux divers dans les domaines des études et de l'histoire littéraires, dont des monographies.

Dernières parutions

François ROSSET, Regards sur Marcel Proust, 2022.
Ilios CHAILLY, *Le surréalisme et la fin de l'ère Artaud*, 2022.
Henri DESOUBEAUX, Vingt Promenades littéraires, Essais ; 2021.
Slemnia BENDAOUD, *Albert l'étranger, Camus l'Algérien*, 2021.
François-Patrick POSTAL, *Margaret Atwood, des romans pour deux siècles*, 2021.
Abdesselam EL OUAZZANI, *Dans la peau des terroristes. Pour une théorie du portage*, 2021.
François FOSSIER, *La France dans l'érudition littéraire de l'âge classique*, 2021.
Fabienne GASPARI et Florence MARIE, *L'incarnation artistique : mises en scène littéraires,* 2021
Moulay Youssef SOUSSOU, *Flaubert. Évolution et métamorphoses du style*, 2021.
Bernard LATHUILLE, *La poésie du prosaïque. De Boris Vian à Frédéric Dard*, 2021.
Danielle DUGA, *Baudelaire, eux et nous. Essai de biographie plurielle*, 2021.
Ronald W. TOBIN, *L'aventure racinienne. Un parcours franco-américain,* 2020.
Vanezia Pârlea, *Milan Kundera ou l'insoutenable corporalité de l'être*, 2020.
Dr. Wijdan ALSAYEGH, *La poésie d'Ali Abdullah Khalifa. La perle et la mer*, traduit de l'arabe par Hamid Larbi, 2020.
Jean-Claude BONDOL, *L'écriture réaliste et ses techniques.* Nana *d'Emile Zola,* 2020.

Véronique Saint-Aubin Elfakir

Singularités poétiques

Philippe Jacottet, Kathleen Raine,
Esther Dollohau

Du même auteur

Désir nomade : littérature de voyage, essai, L'Harmattan, 2005.

Le ravissement de la langue : la question du poète, essai, L'Harmattan, 2008.

Dire cela, recueil, L'Harmattan, Poètes des cinq continents, 2011.

Écrire pour vivre, essai, L'Harmattan, 2017.

Nom nomade, recueil, Unicité, 2019.

Jardin de mots, recueil, Unicité, 2022.

5-7, rue de l'Ecole-Polytechnique, 75005 Paris
http://www.editions-harmattan.fr
ISBN : 978-2-14-028965-1
EAN : 9782140289651

INTRODUCTION

Faire passer dans le langage, le manque qui nous constitue, en mots éclatants pour dire à la fois la merveille et la difficulté d'exister et en célébrer le mystère : tel semble être l'essence même du poétique, saluant en chaque œuvre l'éphémère et tentant de suturer la perte en éclatantes métaphores. De cette vie tissée de deuil, les mots s'emparent pour éclairer la nuit. Il semble que cette absence soit le vecteur fondamental de ce désir d'écrire, de fixer des vertiges. Comment faire avec ce qui n'est plus ? La beauté des images fait rempart à ce qui s'enfuit. Au vide répond la prolifération des signes, qui tentent de combler cette béance pour donner chair et voix à ce qui n'est plus : visages, paysages, enfance…

Il appartient au poème, par sa musique, comme par ses images, de nous lier encore à ce qui a disparu. Si comme l'écrivait P. Reverdy dans *En vrac*, la poésie est le lien entre le moi et le réel absent et nous confronte ainsi à l'impossible même… nous verrons qu'elle peut constituer aussi un espace défiant le temps, ainsi que cet éblouissement d'un être au monde que vient redoubler avec encore plus d'intensité ce vivre en poésie : « *La poésie est dans ce qui n'est pas. Dans ce qui nous manque. Dans ce que nous voudrions qui fût. Elle est en nous à cause de ce que nous ne sommes pas. La poésie c'est le bouche-abîme du réel désiré qui manque*[1]. » Tout mot ne peut être qu'endeuillé de cette part du réel qui nous échappe, mais il est aussi ce recueil incessant de notre présence au monde dans toute son intensité.

Car en réalité de l'ombre toujours peut ressurgir quelques fragments de lumière, où la dualité cède la place

[1] P. Reverdy, *En vrac*, Paris, Flammarion, 1989.

à un espace ouvert ou un entre-deux, où peuvent éclore quelques poèmes-jardins tissés de failles et de fulgurances. En interrogeant notre rapport au monde sur le mode de l'exil ou de l'incomplétude, la poésie est aussi une tentative de capter cette épiphanie de l'être qui nous ouvre aux vertiges de la présence : « *La poésie est la quintessence d'une vision, incarnée par la quintessence du verbe*[2]. » La création nous permet alors de trouver refuge dans l'imaginaire de la langue que chaque poète fait résonner à sa manière. Nous tentons ici d'en faire écho à travers ce recueil d'articles ou de notes de lecture [3] parcourant différentes époques et styles pour écrire le poème bariolé du monde.

---

[2] Entretien avec F. Cheng paru dans *Télérama* n°3608 du 06/03/19.

[3] La plupart ont d'abord été publié dans la revue numérique Terre à ciel

« Tout ce qui revient de l'oubli revient pour trouver une voix »

Louise Glück

I. Voix du monde

Li Qingzhao : la fleur de la mélancolie

A l'ombre des canneliers, Li Qingzhao, l'illustre poétesse chinoise, semble nous sourire à travers ces siècles qu'elle aura su traverser avec élégance et raffinement. La particularité de son œuvre réside dans la sensualité et l'extrême sensibilité qui émane de ses textes à une époque où se développe un type d'esthétisme plus impersonnel. Li ose la singularité et échappe ainsi à toute forme de normativité en assumant avec audace sa propre subjectivité à travers une forme de poésie chantée très codifiée dans sa forme et dans ses rimes que l'on nomme « le Ci[4]. »

En ces débuts, la poésie de Li Qingzhao est une ode à la jeunesse et célèbre cette passion ardente pour son époux en une sorte d'érotisme extrêmement vibrant et subtil. Elle échappe ainsi aux carcans de l'époque comme en témoigne le texte suivant :

CREPUSCULE. SOUDAIN, DES RAFALES…

« Crépuscule. Soudain, des rafales
De vent et de pluie
Emportent la chaleur accablante du jour.
Elle cesse de jouer
De sa flûte de bambou
Et devant son miroir
Serti de fleurs d'eau
Légèrement, elle se farde.
La soie écarlate de sa robe
Est tellement fine

---

[4] Nous nous référons ici pour la partie biographique au livre de Joël Cornuault, *Nostalgie de Wou-Ling*, éd. Pierre Mainard, 1999.

Qu'on voit luire sa peau
Blanche comme la neige
Lisse et parfumée.
Souriante, elle se tourne
Vers son bien-aimé :
« Ce soir,
Derrière le rideau de mousseline,
La natte et les oreillers
Seront frais[5]*. »*

De nombreuses métaphores décrivent de façon allusive la passion des corps et des cœurs qui s'unissent à l'image de ces épingles d'or qui glissent de ses cheveux, d'un brûle-parfum de jade d'où s'échappe des volutes d'encens ou d'une robe où dansent les ombres clairsemées des fleurs de prunier.

Mais quand vient le temps de la chute, l'ivresse se métamorphose en une ode à la mélancolie, la nostalgie du temps passé prédomine. Li tente alors de ressusciter quelques éphémères bribes de bonheur avec une sincérité, une simplicité et parfois même une impudeur extrêmement touchante :

CETTE NUIT, FATIGUÉE PAR LE VIN

« Cette nuit, fatiguée par le vin
J'ai retiré bien tard
La parure de mes cheveux,
Piquant une branche de prunier
Dans un vase.
L'arôme du vin et des fleurs
Brise mon sommeil de printemps.
Mon rêve s'éloigne,

[5] Li Qingzhao, *Les Fleurs du cannelier,* Paris, La Différence, 1990, p. 41.

Plus d'espoir de le retrouver.
Les voix s'éteignent.
La lune descend
Derrière les rideaux d'émeraude.
Entre mes doigts je froisse
Les fleurs fanées,
Savourant leur dernier parfum,
Tandis que le temps s'écoule[6]*.* »

Li Qingzhao métamorphose toutefois cette perte en voyage poétique dont la douceur et la tristesse poignante célèbre le passage des saisons et la fin de la jeunesse. Toujours tumultueuse et singulière cependant en son âge mûr, elle n'hésite pas à parler de son goût pour le vin et de l'inévitable flétrissement du corps. Sans fausse retenue, elle nous livre le désarroi de voir sa beauté s'enfuir car « *le printemps passe, comme nous passons* ». Cependant l'art, l'esthétisme, la beauté de la lune ou des fleurs viennent encore avec suavité, réveiller la flamme vacillante de ce corps délaissé.

APRÈS MA MALADIE…

« *Après ma maladie, mes tempes dégarnies*
Ont blanchi
De mon lit, je contemple
Le croissant de la lune
Qui traverse la fenêtre.
Avec des muscades et leurs tiges,
J'ai préparé du thé.
Mais il n'y a personne
Pour le partager.
Sur mes oreillers,
Entourée de livres et de poèmes,

[6] *Ibid.*, p. 51.

Je savoure mon loisir.
En face de ma porte,
Le paysage est beau,
Après une petite pluie.
Tout le jour, les fleurs du cannelier
M'envoient les effluves de leur parfum[7]. »

Li ose donc se dévoiler dans ses sentiments les plus intimes et c'est sans doute cet aspect qui la rend si contemporaine. La pureté de ses sentiments et la simplicité de ses compositions évoquent cet « unique trait de pinceau » propre à la calligraphie et la peinture chinoise. L'image jaillit, saisissante et fulgurante comme un jet d'encre et compose une sorte de paysage intérieur aussi éclatant qu'un bouquet de pivoines. Ainsi paradoxalement la poésie de Li Qingzhao qui ne cesse d'évoquer le passage du temps, n'a pas d'âge. Elle est cette fleur toujours renaissante à travers chacun d'entre nous, en cette trajectoire qui évoque la jeunesse, l'éclat, la chute et pour finir l'envol :

DANS LE JARDIN OISIF

« *Dans le jardin oisif,*
Sous ma fenêtre, s'évanouissent
Les couleurs du printemps.
En haut du pavillon,
Sans dire un mot,
Je joue du luth
Incrusté de jade.
Les nuages, qui surgissent
Au-dessus des monts,
Précipitent le crépuscule.
Un vent léger,

---

[7] *Ibid.*, p. 115.

Mouillé de gouttes de pluie,
Joue avec des lambeaux de brume.
Résignées, les fleurs du poirier s'inclinent :
Rien ne peut arrêter leur chute[8]. »

[8] *Ibid.*, p. 113.

Paravents pour Ise et Izumi

Dame Ise, poétesse à la cour de l'empereur du Japon, pratiquait ce que l'on nomme le *Waka*. Ce genre poétique particulier se rapproche du haïku dans sa forme brève mais à l'époque il était utilisé pour commenter des paravents peints qui venaient orner les palais ou les riches demeures. Le texte calligraphié sur un carré de papier était d'abord collé sur un des panneaux puis il était recopié de façon définitive s'il était jugé digne de passer à la postérité. Ise, fille d'un aristocrate lettré et introduite à la cour en tant que dame d'honneur de l'impératrice, fut chargée de la réalisation de nombreux poèmes et de l'organisation de concours et joutes poétiques. Les *wakas* étaient réservés aux femmes tandis que les hommes écrivaient en caractère chinois. La réalisation des paravents était elle-même très codifiée puisqu'il s'agissait de représenter des paysages ou des occupations de la vie quotidienne : promenade sous les cerisiers en fleurs, rituels de purification dans les monastères, passage des saisons ou liaisons amoureuses. Un tableau assorti de son texte répondait à l'autre de façon à former une sorte d'histoire à suivre[9].

Ise, jeune femme noble et introduite à la cour, finit par céder aux avances du frère de l'impératrice, plus jeune qu'elle, qui l'abandonna par la suite pour se marier. Neurasthénique et blessée, elle retourna chez son père, jusqu'à ce que sa fidèle amie, l'impératrice, la somme de revenir à ses côtés. Elle devint alors la concubine du frère aîné dont elle eut une fille qui devint poétesse à son tour. À l'époque les femmes qui gravitaient à la cour devenaient très rapidement des objets de plaisir au gré des humeurs impériales ou princières avant que d'être délaissées parfois

[9] Nous nous référons ici à l'étude et aux traductions de Renée Garde, *Ise, poétesse et dame de la cour*, éd. Picquier, 2012.

définitivement comme en témoignent de nombreux textes composés par Ise. Ils décrivent la longue attente, l'isolement, la déception, les larmes et les regrets.

L'oubli lui est-il
Totalement inconnu,
À la Tisserande
Qui attend son amoureux
Durant une année entière ?[10]

Une vie de patience où l'effacement triomphe de toute velléité amoureuse. Ise ne peut choisir, à la mort de l'impératrice à trente-six ans, elle rentre au service de sa fille. De sa liaison avec l'empereur, elle aura un fils qui cependant meurt à l'âge de huit ans. C'est donc une femme brisée qui écrit sa peine et seule, la contemplation de la lune ou de la nature, lui offre un semblant de réconfort.

En cercle assemblés
Quand s'éparpillent les fleurs
Nous voici comblés
Par les largesses du vent :
Quel magnifique brocart ! [11]

Comme dans toute la tradition poétique japonaise de l'époque, la mélancolie, la conscience de l'évanescence de toute chose s'allie à la célébration de cette précarité si touchante en sa beauté, à l'image de ces feuilles ou de ces fleurs qui s'éparpillent. Ceci porte un nom particulier en japonais : *mono no aware* c'est-à-dire l'émotion suscitée par la fragilité du monde qui nous entoure :

Fleurs de cerisiers
Des monts sont éparpillées...

---

[10] *Op. Cit.,* p. 87.
[11] *Op. Cit.*, p. 124.

Laquelle est la neige,
Laquelle fleur ? Au printemps
Je voudrais qu'on le demande [12]

De nombreuses métaphores évoquent ce passage du temps : cendres, rosées, brumes, larmes. De sa vie qui nous est rapportée indirectement on sait peu de choses, si ce n'est ce don des mots qui donnèrent sens à cette existence qui se comparait à l'insignifiance d'une goutte d'eau trop vite dissipée. On sait cependant qu'elle composa au moins quatre cents wakas dont seuls quelques-uns furent compilés en une anthologie :

Aujourd'hui présente
Et demain dissipée, cette
Vie qui est rosée.
Ah ! si je trouvais les mots,
Témoins durables d'un cœur ! [13]

Si le corps doit disparaître, le cœur reste le même, comme elle l'écrit, fidèle à la contemplation de la lune et à cette pluie de pétales qui donne à ces mots cette permanence des perles qu'elle leur enviait. Ainsi nous donne-t-elle le précieux témoignage à la fois de la tradition poétique de l'époque mais aussi de sa condition de dame de cour, qui sut toutefois s'attirer, par sa grâce et son style, les faveurs artistiques de l'empereur.

Ces poèmes font écho à ceux de Izumi Shikubi [14] également poétesse et Dame de cour. Tôt mariée au gouverneur Izumi qui la quitta assez rapidement pour exercer ses fonctions, elle ne cessa de l'aimer et déplorer son absence.

---

[12] *Op. Cit.,* p. 166.
[13] *Op. Cit.*, p. 167.

En cette époque Heian, la tradition à la cour voulait qu'un homme quittant une femme avant que l'aube n'apparaisse ainsi que le voulait l'usage, envoie un poème, dit « du lendemain », exprimant la joie éprouvée après une nuit d'ivresse ou la tristesse d'avoir à se séparer. Chaque poème a droit ainsi à sa réponse où sera repris un terme présent dans la première missive :

À un homme venu me voir et qui, trouvant la soie de son habit trop crissante, s'en défit.

Ne pas entendre de vos nouvelles
(que la soie ne bruisse pas)
M'est pénible
Mais il y a donc des êtres
Qui n'aiment point que ce son soit près du corps[15].

De cette délicate tradition des jeux de l'amour à la cour témoigne également cette autre composition :

Un homme me renvoya un éventail avec ce mot : « pourquoi l'avez-vous abandonné ? Je vous le fais tenir. Ce doit être un désagrément de ne pas en avoir un de rechange. »

Si je vivais sur une île sans humains,
Sans oiseaux, je ne manquerais pas
De partir et à votre recherche,
Et à celle de la « chauve-souris[16]*. »*

Ici tout comme chez Ise, le sentiment de la perte et de la fuite du temps s'allie à la célébration du désir que magnifie la métaphore de la fleur :

---

[15] *Ibid.*, p. 70.
[16] Ibid., p. 117.

Une terrasse couverte. Une femme regarde les œillets de Chine.

« Depuis qu'ils sont en fleurs
Je les contemple jour après jour
Aucune fleur en beauté ne surpasse
Ces « étés éternels[17]*. »*

Une sensualité raffinée se dégage également de ces vers aussi délicats que des pétales de cerisier :

J'étais là, pâmée,
Ignorant le désordre de mes cheveux noirs
Combien m'est cher celui qui d'abord les releva

Ce à quoi succède la tristesse de l'abandon et du deuil au soir de sa vie, sentiments auxquels fait écho cette interrogation :

Suis-je un être humain
Moi qui dors sans m'étonner
De ce monde de rêve
Que je vois, réellement, éphémère[18].

Ainsi ces éventails ou ces paravents s'ouvrent et palpitent sur la chair du désir et célèbrent cet « éternel été » jusqu'à l'évanouissement final d'une feuille qui tombe…

---

[17] *Ibid.*, p. 111.
[18] *Ibid.*, p. 33.

Wallada, poétesse insoumise

La princesse Wallada[19], née à Cordoue en 994 est la dernière fille d'un khalife Omeyyade. Sa mère était probablement, une esclave d'origine grecque. Suite à l'assassinat de son père, elle hérite de sa fortune et organise de somptueux salons littéraires.

À la fois belle, cultivée et libre, elle décide alors de s'affranchir des carcans de l'époque. Elle délaisse donc le voile et porte les vêtements transparents des femmes de harem. Elle pousse l'audace jusqu'à faire broder en fil d'or sur la manche droite de ses robes cette inscription : « par Dieu, je suis qualifiée pour les hautes positions, et j'avance fièrement dans mon chemin » et sur la manche gauche, « je permets à mon amant de caresser ma joue et j'offre mon baiser à celui qui le désire. » En son palais, elle prend part également à de nombreuses joutes poétiques sans aucune censure quant à l'expression de ses sentiments et de ses désirs. C'est à cette occasion qu'elle rencontre le poète Ibn Zaydoun dont elle s'éprend et à qui elle adresse des poèmes enflammés :

« *Sois prêt pour ma visite à l'obscurité,*
Parce que la nuit est la merveilleuse
Gardienne des secrets.
Si le soleil sentait l'étendue de mon amour
Pour toi,
Il ne brillerait plus,
Et les étoiles s'éteindraient d'émoi. »

Une dispute probablement due à la jalousie met fin à cette idylle. Cependant, le poète continuera à écrire à son amour perdu jusqu'à la fin de sa vie sans pouvoir la revoir

[19] Sidali, *Kouidri Filali, Wallada, la dernière andalouse*, Sidali, 2021

toutefois. Elle prend alors pour amant un vizir, et plus tard s'éprend d'une femme dont elle fait l'éducation et qui deviendra à son tour poétesse. Car son salon devient alors une école pour femmes de toutes conditions. Elle y enseigne à la fois la poésie mais aussi l'art de l'amour et ses raffinements jusqu'à l'âge vénérable de cent ans….

Dans la plus pure tradition arabo-andalouse, ces poèmes célèbrent le bien-aimé, l'ivresse de la sensualité à l'image de ces quelques rares textes incandescents qui ont pu nous parvenir :

Regrets

Lorsqu'en hiver nous nous
Rendions visite, les braises du
Désir me brûlaient la nuit
Durant
Comment se fait-il que
J'en sois venue à être séparée
De lui, c'est bien le Destin qui
Précipita ce que je voulais éviter.
Les nuits passent sans que je voie
L'éloignement prendre fin,
Sans que je voie la patience m'affranchir
De la servitude du désir.
Que Dieu arrose une terre devenue
Désormais ta demeure, en
Déversant une pluie abondante
Et ininterrompue. »

Les Adieux

Une amoureuse a perdu patience
Et te fit ses adieux pour avoir
Ébruité un secret, à toi, confié.
Elle regrette de n'être pas restée
À tes côtés plus longtemps,
Maintenant qu'elle te reconduit
Pour faire ses adieux.
O toi le jumeau de la pleine lune
Pour l'élévation et l'éclat,
Que Dieu préserve l'instant qui
Te fit naître.
Si après ton départ, mes nuits
Sont devenues longues
Que de fois ne me suis-je plainte
De leur brièveté en ta compagnie. »

Brisures de mots : La poésie de Françoise Hàn

« Écrire de tout notre corps, et que tout soit présent »[20]

La lecture de l'œuvre de Françoise Hàn nous entraîne vers les abîmes immémoriaux d'un temps et d'un espace revisité par l'écriture. Le mot y épouse le corps à travers la perception d'un présent rendu unique par cette incarnation fugitive.

Le langage n'est alors que l'écho d'une question, un fragment et parfois même un ossuaire pour toutes les voies perdues ou négligées de l'histoire qui semblent habiter la page : *« Nos voix font effort pour se raccorder. Les paroles que nous prononçons tâtonnent pour se rejoindre. Beaucoup se perdent. Beaucoup sont mâchées par des poissons carnivores. Et celles qui survivent, nous ignorons où elles vont. Du commencement et de la fin des choses, nous ne savons rien. Le tracé s'interrompt, le dessin d'ensemble nous reste inconnu. Mais la fracture toute fraîche, l'arrachement, ou l'infime sillon de l'érosion, par nos cinq sens nous les percevons[21]. »*

La seule prétention du poème n'est peut-être que cette captation de l'instant qui parfois nous fait le don de l'oubli à travers ce pur accueil de la présence sensorielle :
« Nous, qui de mémoire d'homme connaissons plusieurs écroulements, nous tentons cette gageure : dans le poème, saisie de l'instant, éclosion dans le présent, faire tenir la ruine, la désintégration, la chute vers les grands fonds de nos débris, sédiments futurs[22]. »

Voués à la chute, il nous reste toutefois en partage ce sillon de la matière à creuser avec l'espérance d'une

---

[20] F. Hàn, *Profondeur du champ de vol*, Nîmes, Cadex, 1994, p. 8.
[21] *Ibid.*, p. 9.
[22] *Florilège* paru dans la RALM n°77, nov. 2011, p. 45.

légèreté aussi ignorante que « *le chant d'un oiseau, à l'aube au bord d'une fissure* » et la saveur de « *ces soirs d'été où nous avons cru être au monde.* » Si cette grâce de l'inconscience propre au monde animal ou végétal nous est refusée, elle est toutefois le fondement même de notre liberté d'inventer : *« Nous sommes là où nous ne pourrons jamais nous atteindre. L'évolution a produit en nous l'inquiétude, comme chez d'autres la nageoire ou l'aile. Avec sa symétrique : toucher les fleurs, l'argile, les coquillages. Peindre, pétrir, chanter. Lancer une sonde sur la planète Mars. Crayonner la création sur les murs de Lascaux ou d'Altamira*[23]*. »*

Cette douloureuse lucidité n'est en fait que le ferment de toute création dont il ne restera cependant en toute humilité que « *quelques vocables dessouchés* », quelques brisures. A la conscience de cette vie fuyante comme de l'eau s'oppose donc la permanence du rocher qui était là « *bien avant le ruisseau »* et qui surtout « *ne se souvient plus d'avoir une histoire.* » Comme l'indique le titre du recueil d'où est tiré ce vers « *Ne sachant rien* », peut-être pouvons-nous apprendre un peu de cette quiétude ignorante d'elle-même : « *Car il y a au cœur de la roche un éclat retenu que les mots tentent de capter comme un fragment de quartz. La rivière en son creusement peut elle aussi « se charger de minéral, recréer là-dessous, dans le resserrement un chemin d'étoiles. »* En ce « gai savoir » de l'abîme, l'homme comme le texte qui le représente n'est qu'un fragment livré au manque et l'univers qui l'entoure est cette énigme inscrite sur la face d'un dé dont *« Les faces visibles se nomment : Attente – Rencontre – Adieu – Longue Route – Barques perdues en mer – Mer de sérénité – Effacement. Sur la septième face, il n'y aurait pas de nom. {Puisqu'elle*

---

[23] *Ne pensant à rien*, Remoulins, J. Brémond, 2002, p. 23.

est l'ensemble de tous les noms, de ceux-là aussi qui ne sont pas prononcés}[24]*.* »

La parole est donc une sorte d'éternelle première fois qui se réinvente à travers chaque homme qui n'est lui-même qu'une parcelle ou un éclat de cette vérité dont la totalité nous est refusée. Ce manque est toutefois la condition même de notre désir : « *Chaque mot comme le premier mot qui fut prononcé, le premier mot, celui peut-être qui désigne l'eau pour la soif* »[25]. Ce pourrait être aussi un point ou encore cet intervalle qui permet à toutes choses d'exister à la fois « *ensemble et séparées* ».

C'est pourquoi dans un article consacré à l'idéogramme, Françoise Hàn, nous décrit la représentation du mot « interroger » qui nous semble être en définitive le paradigme ou le fil conducteur de l'ensemble de ses écrits. Le caractère bouche est formé devant le caractère porte. Derrière la porte ne se trouve que la page blanche ou le vide où les énergies circulent. La bouche elle-même « *encadre un vide plus petit* », « *comme une tentative de prononcer en une seule syllabe le fond de l'univers.* » Mais cette tentative est vaine car un signe limité et circonscrit ne peut dire le Tout. la fermeture s'oppose à l'ouverture infinie que seul un trait interrompu pourrait peut-être représenter. En sa brisure même, l'idéogramme toutefois épouse ce mouvement ou ce rythme de l'univers marqué par le sceau de la temporalité et de la coupure.

Le poème est donc cet « espace ouvert » où résonne indéfiniment l'écho d'une voix, sans que l'on sache vraiment d'où elle vient, ni à qui elle appartient réellement, en ces paroles uniques et universelles à la fois, qui peuplent la page : « *Quelqu'un te demande si sa voix est la tienne, quelqu'un t'apporte son silence et s'en va, les uns déposent leur fardeau et s'effacent, d'autres se tiennent immobiles la*

---

[24] *Ibid.*, p. 25.

[25] *Profondeur du champ de vol*, *Op. Cit.*, p. 34.

pierre sur la tête, les plus exigeants sont les absents, ceux qui ne miment pas (...)[26]. »

Le mot, détourné de son utilité, tend à atteindre ce quelque chose d'essentiel qui nous est toujours refusé et que seul le cosmos ou la nature semble en définitive posséder : « *plantes et planètes, lents mûrissements et révolutions sans phrases, le signe essentiel est ailleurs, toute la démesure dans la main qui s'ouvre et se ferme, ici commence et ne s'achèvera jamais l'aventure* [27] . » Seuls les atomes disséminés de la langue poétique peuvent peut-être s'approcher de cette cosmologie de particules et d'étoiles. Cet amour de la question porte donc toute l'œuvre, qui n'est sans doute que le reflet de ce ciel inversé que nous habitons à travers ce chemin de signes où brille un peu de l'éclat de cette lumière inconnue de la « matière incréée » : « *Dans les flaques, la constellation des mots dessine sa Grande Ourse, pas exactement la même que celle là-haut. Quelques années-lumière de décalage, une libation à l'invisible. Avec nos doigts, dans la boue, nous traçons des questions. Elles bâtissent, friables, changeantes, instables, un autre réel*[28]. »

---

[26] *Ne pensant à rien, Op. Cit.*, p. 15.

[27] *L'espace ouvert,* Librairie St Germain des prés, 1970, p. 29.

[28] *Profondeur du champ de vol, Op. Cit.*, p. 7.

Sapho de Marrakech

Il s'agira ici de Sapho de Marrakech, comme elle se plaît à se définir. Car on connaît Sapho la chanteuse mais sans doute un peu moins la poétesse qui est pourtant la marraine d'honneur depuis de nombreuses années du festival Voix vives à Sète.

« *Sapho allait à la façon des Grecs antiques*
Jeune un chant sort de ses cheveux ondulés
Elle va elle est une force qui va[29]. »

À l'image de ses chants qui mêlent toutes les langues et transgressent toutes les frontières, ses textes poétiques se déploient comme des arabesques mêlant morceaux de vie, méditations métaphysiques, voyages, livres lus, visages croisés. Des fragments de vie qui s'entrecroisent, où l'on entend encore le frémissement des voix perdues du souvenir dans la fraîcheur d'un patio.

Dans son livre intitulé *Beaucoup autour de rien*[30], elle se livre à une sorte de méditation poétique et philosophique qui interroge la racine même de l'être. Pourquoi existe-t-il quelque chose et non pas rien ? Non sans une pointe d'ironie et de dérision parfois comme nous l'indique le titre, ces variations autour du Rien tentent de circonscrire sans pathos ce vide ou cet innommable autour duquel nous tournons comme des derviches. Ce texte est un peu à l'image de ces lourdes portes sculptées de Marrakech, qui une fois franchies, livrent la fraîcheur d'un jardin secret, où faire halte quelques heures, pour un instant de grâce, à l'image de ces voix « *marocaines savoureuses, qui goûtent*

[29] Sapho, *Blanc*, Paris, éd. Bruno Doucet, 2014, p. 55.
[30] Sapho, *Beaucoup autour de rien*, Paris, Calmann-Lévy, 1999.

les riens de la vie et pour l'heure ne s'inquiètent pas de ce néant[31]. »

Si Sapho a l'amour de la question, elle sait aussi qu'une réponse définitive ne peut venir clore le débat. La parole est pour elle à l'image d'Atlas portant sur ses épaules tout le poids de la terre : « *La parole, cet Atlas fourmillant. Mais entre les mots, des trous, des questions, des histoires, des visages, des phrases de sable qu'on n'a pas écrites, des creux, du vertige, des chutes, des effilochures, du perdu, un sauvé, ton regard quand il entend ce que je jette dans le silence et dans l'abandon.* »[32] L'écrit supporte le poids de la douleur et de la perte comme si le monde n'existait que pour être dit ou chanté : « *C'est le chant qui nous sauve du désarroi, de méandres, des labyrinthes sans issue, c'est le chant qui vole au-dessus des montagnes, qui perce une autre dimension, c'est le chant qui mesure l'incommensurable, qui parcourt l'insaisissable, qui frôle la clarté, c'est lui qui illumine l'opacité des mots, qui lave les cristaux de phrases sans vie* (…) [33] ». « Tarab » est ainsi la musique des mots où s'oublie parfois le corps de la souffrance.

En ce Babel des langues qu'elle affectionne, Sapho chemine sans répit. Elle sait que de cette absence de réponse naît notre liberté. Il faut que le savoir reste troué pour que nous puissions continuer à créer, imaginer, désirer : « *Mais autour de rien, du sens se joue qui se passe de ce savoir entier, ou bien, se dissoudrait-il dans la pleine lumière ? Tout savoir n'est-il pas la mort du désir ?*[34]. » De sorte que « *l'essentiel n'est jamais dit* ». C'est sur ces rivages de l'indicible que le poète jette ses filets : « *(...) il l'appelle et trouve ce qu'il ne cherche pas. (...) Il accepte de*

[31] *Ibid.*, p. 138.
[32] *Ibid.*, p. 20.
[33] *Ibid.*, p. 41.
[34] *Ibid.*, p. 82.

« s'abandonner », glacé de frémir de l'effroi du gouffre. Rien ne répond à sa question et il la pose[35]*. »*

Cette question insoluble n'est rien d'autre que cette beauté du monde et son corollaire, l'énigme de la disparition. Le poème est ce *« legs de murmures et de rien, qui emprunte la voix du poème et le poème jaillit et le surprend pour le bing-bang des mots (...)*[36]*. »* Sur la page se rejoue en quelque sorte à chaque fois la genèse, du rien surgit quelque chose, une lueur, un éclat incertain et fugitif où s'arrimer. Car être poète c'est aussi cela *« n'être pas fou tout en allant ailleurs. Chimie obscure, floraison de liquides aux couleurs*[37]*. »*

La vérité, si elle existait, ne serait peut-être qu'une foudroyante et pétrifiante tête de Méduse : *« Si la vue entière nous était rendue, n'y aurait-il pas de quoi mourir ? Chercher avec l'idée que tout serait matière, molécules et raison, je n'envierais pas le destin de tout savoir*[38]*. »* Car c'est en fait de la confrontation avec le vide et la fêlure que l'on peut rester en vie. Si la réponse nous est toujours dérobée et que seule cette certitude nous permet d'avancer, la tâche de l'homme et sa responsabilité est sans doute de dire et d'offrir son regard au monde : *« (...) il n'y a pas d'être sans mouvement et ce mouvement crée des flux de malheurs et de douceurs. (...) Pourtant, la seule dignité qu'il nous resterait serait de soutenir que nous sommes les gardiens d'un dire sur l'humanité. Et cela n'est pas RIEN*[39]*. »* La parole est donc cet asile où accrocher notre désir pour célébrer la vie, ce mystère quotidien de l'être : *« Trouver en tout un au-delà ».* Nulle théologie ici mais un désir d'avancer sans cesse, de cheminer comme pour

[35] *Ibid.,* p. 148.
[36] *Ibid.,* p. 16.
[37] *Ibid.,* p. 17.
[38] *Ibid.,* p. 57.
[39] *Ibid.,* p. 136.

tromper la mort, cet événement indicible qui préside à l'origine du texte : « *Ce livre est parti parce que j'ai vu l'âme quitter un corps aimé comme un père/pair.* »[40] Il s'agira alors, en ces fragments de vie recueillies dans ce livre, de capter le plus infime pour goûter à la saveur secrète du temps qui nous oublie : « *(...) tout ce qui se présente, précieux, détaillé, détaché, cadré, mémorisé, sur le bout des langues, stocké sans raison, passionnément, chaque jour du vivant scellé dans la tête par un comptable réjoui, méticuleux, gardien d'un trésor incommensurable*[41]. »

Des silhouettes oubliées traversent parfois la page pour ressusciter ce temps de l'enfance aux saveurs jamais égalées. À son père qui souhaitait qu'elle étudie chaque jour, fidèle aux préceptes de la Torah, elle répond par ce labeur incessant de l'écrit qui collecte et répertorie ces jours, cet incessant déchiffrement du monde : « *Au bout de mon bâton d'écrivain, surprise après surprise. Rien que je décide et je dois avancer. Je cherche ce qu'on ne trouve pas. Je trouve ce que je ne cherche pas. Le chemin se déflore à pas précis. La lumière du verbe ouvre les sentes les arbrisseaux, la couleur, un collier de perles-insectes, moire d'étranges fourmis*[42]. »

Dans un autre de ces écrits,[43] *Blanc*, Sapho semble déployer un rêve de blancheur en une sorte de toile de fond originaire d'où surgiraient toutes les couleurs du monde « *car pour voir le blanc il faut le troubler* ». Ici Sapho peintre, compose une sorte de tableaux de mots. Le blanc est ici aussi le silence de la page, ce désert « peuplé de possibles » sous les « remparts de Marrakech la rouge ». Insoumise Sapho qui se déclare « *très différente de ce qu'on*

---

[40] *Ibid.*, p. 139.
[41] *Ibid*, p. 101.
[42] *Ibid.*, p. 16.
[43] Sapho, *Blanc*, Paris, éd. Bruno Doucey, 2014.

m'engage à être » et cultive sans cesse l'écart, la surprise, le détour.

Le blanc, c'est aussi ce vide, ce Rien déjà interrogé, l'origine du monde, ce magma qui devient la pâte et la matière des mots sur la palette du poète et l'on sait que la poétesse qui est de tous les talents, peint aussi. Mais en réalité ce « blanc » rêvé n'existe jamais tout à fait, il est toujours un peu entamé, altéré par la vie. La blancheur absolue est en fait ce temps inconnu d'avant la naissance et de la mort, elle ne se rencontre que dans l'absence et l'effacement de soi :

Un homme pas encore né
Rencontre un blanc le
Moment avant le trait
Il dessine son existence
Il inscrit son arrivée
Et sa mort en même temps
Inscrit sa naissance
Déjà presque mort
D'avoir sur blanc tracé
Tracé mort
Improlongeable
Et vif pour ceux qui viendront[44]*. »*

Le paradoxe est qu'en fait pour écrire le blanc, il faut le noir de l'encre, cette impureté du mélange propre à l'existence où rien ne peut exister à l'état pur. Si le temps ne connaît pas cette couleur qui en réalité n'existe pas, le bruit ou la musique ne l'ignore pas. La blancheur absolue serait en définitive « *un au-delà, un méta-état* » qui ne peut se nommer autrement qu'à travers cette disparition de toute couleur, comme la blancheur du linceul. Point de départ et

---

[44] *Blanc, Op. Cit.*, p. 39.

d'arrivée de l'écriture, de la vie, ce blanc des hôpitaux ou des maternités :

« (…) *blanc qui se rit du dire et de l'écrit qui monte de son ventre immaculé la vanité* des vanités *que ce qui se dira ne pourra rivaliser avec cette promesse incommensurable le blanc des pages*

Pourquoi dit-on faire chou blanc
on pourrait qualifier ainsi toute tentative de poème
action de faire chou blanc à tous coups
action de prétendre que mot à mot le poème sera plus fort que cet absolu ce saule de possibles[45]. »

On ne saurait mieux dire sur cette étrange prétention d'écrire, ce peu « autour de rien », ce cri chanté ou parlé qui nous emporte, mais rate toujours son propos pour que l'énigme suscite encore et encore sa part d'émois et de paroles : « *Il est vrai que toute parole, même de rage, est une flammèche d'amour, une langue de feu, une pierre qui brûle, une promesse de vie, une remise au monde, selon la générosité de ce joueur qui mise avec des jetons qu'il n'a plus mais n'en a cure et mise et mise encore. Le monde est perdu d'avance mais il tente la vie*[46]. »

Dans un autre de ses recueils, intitulé *Le Livre des 14 semaines*, une étrange arithmétique semble se dérouler. A chaque jour correspond un poème et une équation : « *1 +0 =1 : Et ; 2 +1=3 : poursuivre.* » Ici se déploie en quelque sorte une mathématique de la vie parfois cruelle et sûrement implacable, mais animée d'instants d'éclaircies, comme une trouée de lumière à l'image par exemple de ce café du temps perdu d'une jeunesse flamboyante :

---

[45] *Ibid.*, p. 51.
[46] *Ibid.*, p. 179.

« *Maintenant je ne sais plus*
M'asseoir à une table taper l'incruste
Et croire que tous les poèmes sont là
C'est mon regard qui s'est enfui (...)
Je suis écho de la beauté mais
Je tiens un mouchoir serré
Que j'ai volé au passé
Et j'essaie de tisser
Des fils de soie
Pour l'habit d'un papillon de nuit
Réplique sombre de cet autre, glorieux de couleurs
Je n'ai pas oublié
La joie les éclats la nonchalance exubérante
L'insolence[47]. »

De ses racines et son héritage, elle retient ce questionnement sans fin, une certaine façon de vouloir déchiffrer inlassablement ce texte du monde, ce livre ouvert journées après journée. C'est pourquoi, Sapho collecte inlassablement ces petits instants furtifs où l'existence se dévoile dans toute son intensité en une écriture fluide et quotidienne. Elle écrit et donne voix à ce qu'elle voit, comme l'indique le texte d'une de ses chansons. Toutefois, on peut vouer ainsi sa vie aux mots, il y a toujours un reste à dire, quand dire c'est aussi dédire en même temps, quand la vérité nous échappe et reste toujours à poursuivre :

« *Ce jour premier de quatrième semaine*
Je donne raison au secret
Je me dédis et je dis
Je veux cacher la pensée
Pour le désir[48]. »

---

[47] *Le Livre des 14 semaines,* Paris, éd. De la Différence, 2004, p. 21.
[48] *Ibid.*, p. 43.

On a beau dire, on a beau écrire, « insaisissable » est la vie. Il reste alors cette célébration du mystère qui anime chaque page. Cet éloge du non-savoir et du secret devient alors essentiel, salvateur, à l'ère de la folie technicienne et de ses ravages :

« *Et tu as le goût du vide*
Tu ne trouves pas le silence
Tu entends ce qui le trouble : une guerre d'électrons
Soufflerie de modems
Énormes préoccupations
Quel bruit
Pour ce qu'il reste de la terre
Ce que nous leur laissons
Que dirais-tu Georges ?
Or, well ?[49]. »

Mais toujours ressurgit l'ironie mordante et élégante de qui ne veut pas se prendre au sérieux car la parole vaniteuse devient vite une parole vaine et creuse :

« *7 beautés qui parle*
Et retient l'essentiel
Le taisant
Qu'il soit désiré
Suspendu
Et que
Se poursuive une rumeur interminable :
L'orchestre s'accorde
Infiniment[50]. »

---

[49] *Ibid.*, p. 89.
[50] Ibid., p. 117.

Tout au long du recueil, l'insertion des chiffres énigmatisent le texte, opacifient le sens, comme un fil ténu, pour peut-être, poursuivre ce lien avec un père épris de mathématiques :

« *Il y a un jeu auquel se livrent*
Les kabbalistes
Ils prennent un sac, y jettent des lettres
Les secouent et les font sortir
Ils comptent jusqu'à la transe
Je voudrais prendre les mots
Les gestes les sons choisis
Les couleurs décidées dessinées
Les jeter dans un sac
Remuer
Les tirer
Les relire
Rafraîchir la vue du monde[51]. »

Il faut donc compter les lettres, les chiffrer et se jouer des mots, les délivrer de la lourdeur signifiante pour qu'éclate le son, la musique… Rendre à l'écrit, cette légèreté originaire comme le premier matin d'un monde où rien ne se sait encore mais tout reste à inventer, à découvrir. Cet univers au goût de l'enfance ressurgit fugitivement à travers une sorte de fidélité essentielle à la mémoire qui forme le premier ancrage à travers le corps de la langue :

« *Elle est fille de philosophe*
Elle est nièce d'un grand rabbin
Ils sont occupés à chiffrer la parole[52]. »

---

[51] *Ibid.*, p. 123.
[52] *Blanc*, *Op.*, *Cit.*, p. 28.

Ainsi va la quête incessante de l'insaisissable secret de l'existence où le chant s'écrit comme de la poésie et le poème devient musique et frémissement de l'instant où s'élève une voix « antique », puissante et singulière mais d'une singularité animée par le souffle de l'altérité quant à l'amour de la question répond la traversée de l'Autre, cet étranger en soi portant le souffle désirant :

« *Et puis,*
L'insaisissable Précis
Nous le tenons, nous y allons
Nous l'enchâssons dans le cours des mots manquants
Aussitôt dit, aussitôt perdu le chant
S'évanouit quand il chante
C'est là dans l'insaisissable précis
Que vibrera le poème
Juste ce qu'il faut d'
Impossible entre les mots
La formule vient
Libère ici
S'enfuit déjà[53]. »

---

[53] *Le Livre des 14 semaines*, *Op. Cit.*, p. 9.

Yannis Ritsos : l'icône du poème

Yannis Ritsos est né en 1901 dans un petit port grec. La famille Ritsos était une famille de grands propriétaires fonciers. Mais elle devait être bientôt victime d'un sort tragiquc. Ruinée, elle tomba brusquement dans la misère. L'un des deux fils meurt à Davos. La mère, tuberculeuse, termine sa vie au sanatorium. Le père devient fou, comme plus tard l'une des deux filles. Yannis est atteint également de tuberculose à l'âge de 17 ans.

Ce fléau qui a frappé tous ses proches et lui-même devait laisser des traces profondes dans sa vie et dans sa poésie. Dès l'âge de huit ans, il commence à écrire ses premiers vers. Il arrive à Athènes en 1926. Quand il n'est pas au sanatorium, il accepte, pour vivre, des tâches pénibles, sans aucun avenir : « *Il connaît l'humiliation, l'exploitation. Il se trouve brusquement dans un monde hostile, impitoyable, si étranger à celui de la noblesse provinciale, même dégradée, qui avait été l'univers de son enfance et de son adolescence. Cette double épreuve le conduit au seuil du précipice. Et c'est alors qu'il trouve deux appuis qui lui permettent de survivre : la poésie et l'idéal révolutionnaire*[54].

Il se met à écrire sans cesse, avec une volonté obstinée. Durant l'occupation allemande, il écrit un grand nombre de poèmes qui illustrent le calvaire de ce peuple sous le joug de l'occupation allemande. Ensuite, il exalte la résistance grecque. En 1948, Ritsos est arrêté. En déportation, il écrit plusieurs poèmes, dont certains sont enfermés dans des bouteilles et enfouis dans la terre : « *Écris pour qu'il fasse jour* ». Yannis Ritsos est libéré en 1952. En 1954, il se marie. Il visite la Bulgarie, la Tchécoslovaquie, l'Union

[54] Chrysa Papandréous, *Yannis Ritsos*, Paris, Seghers, 1968.

soviétique, la Roumanie et Cuba. En 1956, sa Sonate au clair de lune obtient le Prix national hellène de poésie.

En ce qui concerne son œuvre, il y aurait d'une part la poésie engagée au côté de la lutte communiste ou présentant un ancrage fort dans la tradition hellénique du mythe ou de la tragédie, et de l'autre une poésie plus intimiste ou lyrique. Elle évoque souvent l'enfance ou de courts tableaux de la vie quotidienne sous forme de dialogues rappelant la dramaturgie théâtrale. Dans un grand dépouillement ces textes mettent en scène des choses et des êtres simples qui sont aussi porteurs de la mémoire des absents. Le « je » s'efface devant ce qui est représenté et l'image prend le pas sur la subjectivité. Elle suggère, sans jamais résoudre la question qu'elle semble nous adresser. Pour Ritos, le poète doit s'abandonner au flux des mots et de l'existence sans vouloir trop signifier ou comprendre :

EXPLICATION NÉCESSAIRE

« Il y a certains vers -parfois des poèmes entiers -
moi-même je ne sais pas ce qu'ils veulent dire. Ce que je ne sais pas
me retient encore. Et toi tu as raison d'interroger.
N'interroge pas.
Je te dis que je ne sais pas.
Deux lumières parallèles
venant du même centre. Le bruit de l'eau
qui tombe, en hiver, de la gouttière pleine
ou le bruit d'une goutte d'eau tombant
d'une rose dans un jardin arrosé
doucement très doucement un soir de printemps
comme le sanglot d'un oiseau. Je ne sais pas
ce que veut dire ce bruit ; pourtant moi je l'accepte.
Les choses que je sais je te les explique. Je ne néglige pas.

Mais les autres aussi ajoutent à notre vie.
Je regardais
son genou plié, comme elle dormait, qui soulevait le drap
ce n'était pas seulement l'amour. Cet angle
était la crête de la tendresse, et l'odeur
du drap, de la propreté et du printemps complétaient
cet inexplicable, que j'ai cherché, en vain encore, à
t'expliquer[55]. »

Ainsi que le souligne François Amaneser : « (...) *la poésie de Ritsos est de nature dialogique. Son mécanisme est celui de l'énigme posée au lecteur. L'énigme naît de la juxtaposition d'une « vérité » (une inscription) et d'une scène de vie (une image).*[56] Il appartient alors au lecteur de trouver ses propres réponses. Ainsi Yannis Ristsos emploie-t-il très souvent la troisième personne du singulier par pudeur ou par volonté d'effacement.

La captation du mystère naît de petites choses presque infimes ou insignifiantes et pourtant essentielles en leur présence... Dans ce dépouillement et cette attention accrue avec l'âge, surgit la saveur de la vie, simple présence à soi et aux autres dans la frugalité et l'ardeur. Chaque geste devient alors une sorte de rituel comme coudre un bouton, regarder sa montre, broder, jardiner. Selon F. Amanecer, les objets deviennent ainsi des reliques et permettent de se souvenir. Souvent, à chacune de ces scènes vient s'adjoindre à la fin une sorte de court précepte ou une parabole :

---

[55] Cité par Cisa Papandréos, *Op. Cit.*

[56] F. Amanescer, Trois poèmes de Yannis Ritsos, *Etudes* 2005/11, Cairn, p. 509 à 521.

Elle ramassa donc dans une boîte en carton les restes de la ficelle
Elle ramassa attentivement sa bêche
Avec cette inévitable modération et attention de l'ordre
Et elle alluma le lampion du jardin sachant les conséquences du
Changement d'éclairage,
Calme, retraitée, s'acceptant elle-même. Peu après
Elle sentit une joie particulière dans sa tristesse,
Elle sentit que sa tristesse était son lien
Avec ce qui était, avec ce qui est, avec ce qui sera,
Avec tout ce qui l'entourait, ce qui était en haut et en bas,
Ce qui était dedans et dehors – lien silencieux
Un toucher d'immortalité, une lumière d'éternité lointaine et équilibrée
Qui abolit la différence, qui abolit la distance
Entre l'ici et l'ailleurs
Entre les langues étrangères et qu'il n'y a point besoin de traduction
De son sourire à l'étoile, de l'étoile
Au lampion du jardin, du silence à la confession
Des œillets à la bêche et à sa main
D'une heure à l'autre. Elle ouvrit alors le robinet
Et commença à arroser avec le tuyau en caoutchouc
Les fleurs et les arbres tout près et ceux qui étaient plus loin
Sous la lumière familière des étoiles du lampion. Et cette activité insignifiante
L'amenait de nouveau de son rêve à la vie[57].

Ces courts tableaux représentent aussi souvent des moments de l'enfance, des souvenirs de sa sœur ou de sa mère si tôt disparues. Le poème devient alors vénération ou médaillon où retenir la perte. Pour lui la mort est une

---

[57] Cité par Papandreous, *Op. Cit.*

addition, rien ne se perd, par la mise en poème qui s'oppose ainsi à la mise au tombeau :

Et la voix de la mère, si actuelle, quotidienne, si juste –
Elle peut prononcer les plus grands mots d'une façon naturelle,
Ou les plus petits, avec leur sens le plus grand, ainsi :
« un papillon est entré par la fenêtre »,
Ou : « le monde est insupportablement merveilleux[58]*. »*

Pour Yannis Ritsos, une sorte de rencontre doit avoir lieu, à travers les mots. Saisissement que ces poèmes tentent de traduite en des raccourcis ou des chutes souvent surprennates. Tout à coup, du quotidien le plus banal semble surgir une autre réalité ou dimension qui vient relancer ce secret qui semble sans cesse se glisser sous les choses pour mieux en éclairer la beauté ou la valeur :

Derrière des choses simples je me cache, pour que vous me trouviez ;
Si vous ne me trouvez pas, vous trouverez les choses,
Vous toucherez ce que ma main a touché,
Les traces de nos mains se joindront l'une à l'autre.
La lune du mois d'août brille dans la cuisine
Comme un pot étamé (pour la seule cause que j'ai dite)
Elle éclaire la maison vide et le silence agenouillé de la maison
Le silence est toujours agenouillé.
Chaque mot est un départ
Pour une rencontre – annulée souvent –
Et c'est un mot vrai quand, pour cette rencontre, il insiste[59].

[58] *Ibid.*
[59] Yannis Ritsos, *Gestes,* cité par F. Amanescer.

Dans un autre poème, il s'agit simplement de prendre dans ses mains, de saisir comme pour mieux s'imprégner ou décrire, retenir ce qui nous étreint :

Il prend dans sa main des choses disparates – une pierre,
Une tuile brisée, deux allumettes brûlées,
Le clou rouillé du mur d'en face,
La feuille qui est entrée par la fenêtre, les gouttes
Qui tombent des pots de fleurs arrosés, les pailles
Que le vent d'hiver a déposés sur tes cheveux – il les prend
Et là-bas, dans la cour, il édifie presque un arbre.
En ce presque réside la poésie. Tu la vois ? »

Mais nous laisserons au poète le mot de la fin, qu'il nous a nous a laissé en guise de testament, cette curieuse « hypothèque » à méditer comme un éblouissant scintillement unissant l'ocre de la terre à l'infini de la mer comme l'évoque un autre de ses poèmes.

Hypothèque

Il a dit : je crois en la poésie, en la mort,
c'est justement pourquoi je crois en l'immortalité. J'écris un vers,
j'écris le monde ; j'existe ; le monde existe.
Du bout de mon petit doigt coule une rivière.
Le ciel est sept fois bleu. Cette pureté
est encore la première vérité, ma dernière volonté.

Sohrab Sepehri, *L'oasis de l'instant*

Sohrab Sepehri (1928-1980) est un poète et peintre perse. Il est né à Kāchān, une oasis au cœur du désert où il aimait à se réfugier dans la solitude et le silence…. Son père était un musicien qui jouait du Tar et un calligraphe, et sa mère était également poétesse. Il passe son enfance dans l'un des plus grands jardins de Kāchān où il apprend à regarder, contempler, méditer : « *Je me suis lavé les mains et le visage dans l'eau courante ; je me suis laissé aller dans le vent. Je brûlais de la passion de contempler. Si un jour je ratais le lever ou le coucher du soleil, je me sentais coupable. La tombée de la nuit m'a habitué à la méditation, m'a appris la contemplation*[60]. » Les dunes du désert lui apprennent la modestie car « *là où y avait l'horizon, on ne pouvait qu'être modeste.* » Ce jardin, cet éden perdu, rempli d'acacias, de grenadiers et de nénuphars bleus, de pigeons et d'hirondelles, se retrouve dans de nombreux poèmes et vient fertiliser son écriture une floraison d'images éclatantes :

Sepehri éprouve également un grand attrait pour l'Asie et séjourne au Japon, où il apprend la gravure sur bois avec un maître et s'initie à l'art de dépouillement. Il s'intéresse également à l'Inde et ses mythes. Il voyagera dans de nombreux pays. Il appréhende la nature avec le regard d'un peintre sensible au moindre détail : le sillage d'une hirondelle, la vivacité d'une source, le vert des prairies…

Il appelle ce monde « l'oasis dans l'Instant » ou Hichestàn c'est-àdire un « nulle part » derrière lequel « *le parasol du désir reste à jamais ouvert* ». Cet autre lieu pourrait symboliser ce pouvoir de métamorphose de l'art, qui crée une autre dimension de la réalité pour la

[60] Sorhab Sepehri, « Où est la maison de l'ami », *Lettres persanes*, 2005.

transformer en visions puis en signes. Dans cet espace différent de l'univers poétique, l'Instant est tendu vers l'éclosion de l'évènement, est l'évènement, est un état d'âme, une présence qui s'ouvre à l'Heure. L'Heure est cet instant où temps et espace ne font plus qu'un dans le dévoilement de la parole[61].

Cet ailleurs qui s'apparente à un songe, cet univers « sans épines », presque paradisiaque, la nature sans cesse nous le révèle pour peu que nous sachions le voir.

Ailleurs

Entre l'instant et la terre,
La tige ne subit aucune crainte.
O compagnon de route,
Nous avons rejoint l'éternité des fleurs !

Confie l'éclat de tes yeux au sable et à l'étoile :
Il n'y a aucun secret sur le sillon du regard,
Ni aucune trace de peur sur la terre,
Ni aucun signe d'étonnement sur l'azur de là-haut.

Plonge-toi dans le chant de l'oiseau !
Aucune angoisse de l'aile ni de la plume
Ne voilera ton visage.

Dans l'envol de l'aigle
Ne se projette pas l'image de l'abîme.
Pas une épine ne sépare les yeux du regard.

Au départ il apprend l'art de la poésie en composant de nombreux ghazals en compagnie d'un ami poète, ce qui aura pour effet de le plonger dans un état de rêverie

---

[61] Nous empruntons ici cette analyse éclairante à Daryush Shayegan qui a préfacé le recueil intitulé *Les Pas de l'eau*, Paris, La Différence, 1991.

permanent : « *J'étais engagé dans un échange agréable avec la vie et je marchais en amour. Je lisais moins de livres. J'observais davantage. Au milieu des tracés de ma solitude, j'entrais en extase*[62]. Il se lie également d'amitié avec Forough Farrokhzad, son âme sœur poétique, avec qui il partage cette alternance permanente d'ombre et de lumière, de joie et de mélancolie profonde dans un clair-obscur permanent. Sohrab compose ses textes parfois en peintre, comme des tableaux colorés d'où surgit la puissance d'un souvenir, d'une évocation envoûtante ou parfois de sortes de paraboles jamais exemptes d'une pointe de dérision. L'eau en tant que source de vie, est omniprésente dans son œuvre, ce ruissellement de l'instant jaillissant comme une cascade, ainsi que ce vert des jardins qu'abreuve l'amour.

Ainsi le mot doit s'apparenter au vent et à la pluie même, s'imprégner des odeurs de la terre, « *planter un arbre au coin de chaque parole* », sentir le poids de l'être, voguer sur tous ces éblouissements pour atteindre l'illumination, dépoussiérer l'habitude pour retrouver la fraîcheur du regard quand il ne s'agit que d'être « *vaste, seul et humble* ». Il faut aussi beaucoup marcher et traverser l'horizon et « *parfois monter une tente dans la veine d'un mot* » pour traverser, atteindre l'étendue « *de la genèse des feuilles* », retrouver l'enfance aux eaux salées, chercher le cerf-volant de l'autre jour, vivre « tant qu'il y a des coquelicots », voir le visage de Dieu dans la palpitation du jardin… Rêver d'une ville mythique où « *les poètes sont les héritiers de l'eau, de la raison et de la lumière* », où chacun porte en lui-même son propre ciel ; où l'existence n'est plus qu'un « sansonnet qui s'envole », où la femme est cette « *houri du verbe originel au moment de la brillance du soleil* ». Il faut alors :

---

[62] *Ibid.*, p. 14.

« Fermer les livres. Il faut se dresser
Et marcher sur le prolongement de l'Heure.
Il faut contempler les fleurs,
Prêter l'oreille au silence du mystère
Courir jusqu'au fin fond de l'Être
Il faut répondre à l'appel parfumé de la terre du Néant
Et atteindre le lieu où se rencontrent l'arbre et Dieu.
Il faut s'asseoir au seuil de l'expansion mystique
quelque part entre l'Extase et le Dévoilement[63]. »

---

[63] *Les pas de l'eau, Op. Cit.*, p. 80.

II. Écrire l'indicible

Else Lasker-Shüller : Fuir le monde

Else parcourt les rues de Berlin, vêtue de jupes bariolées et de lourds bijoux d'argent. Elle se nomme le prince d'Orient et vacille ainsi d'identité en identité, éternelle étrangère, éternelle errante, toujours ailleurs « *Je suis née à Thèbes (Égypte) même si je suis venue au monde à Elberfeld en Rhénanie. Je suis allé à l'école jusqu'à onze ans, je suis devenue Robinson, j'ai vécu cinq ans en Orient, et depuis, je végète*[64]. »

Elle emporte avec elle, au cours de ses incessantes déambulations, l'image si précieuse de sa mère vêtue de dentelles espagnoles à l'occasion des bals masqués de son enfance. « Rêver est un don, une chose rare et précieuse en ce monde », se plaisait-elle à affirmer au cours de leurs longues promenades dans le parc. Toutes deux ne se lassent pas de mettre en scène leur histoire préférée, celle de Joseph d'Égypte. Jeannette Kissong-Schüller, belle et romantique, s'absentait souvent en elle-même en une sorte de mélancolie. Elle vivait au milieu de masques en compagnie de ses chers disparus : l'image d'ébène de sa propre mère et celle de son père espagnol et des images de corail. Elle jouait aussi avec une petite éponge qui jadis était accrochée à l'ardoise d'écolier.

De là naquit sans doute ce goût d'Else pour les déguisements à l'image de ces masques qu'affectionnait sa mère. Comme si la vie n'était qu'une fiction, une scène de théâtre ou un éternel bal masqué, elle incarnera différents personnages et aimait à se déguiser. Elle s'habillait également à l'orientale pour mieux incarner ce prince

---

[64] C. Tudyka, *L'exil d'Else Lasker-Schüller*, Paris, L'Harmattan, 2001, p. 7.

Yussuf qui la reliait encore à sa mère : « *Joseph (en arabe Yussuf) d'Égypte aurait beaucoup rêvé, il aurait même expliqué les rêves du pharaon, constatait ma mère. Joseph et ses frères étaient mon histoire préférée, j'avais le droit de la raconter chaque fois au cours de religion*[65]. »

L'héritage maternel tiendra sans doute aussi à cette capacité à rêver et à transcender le réel qu'Else convertira en puissance créatrice. Ainsi imagine-t-elle avoir plusieurs vies imaginaires où elle traverse à la fois le temps et les frontières : « *Mais moi, je sais parler en Syrien, car j'étais la moitié de ma vie en Asie, je fais traduire en Syrien mes œuvres qui se jouent en Asie et en Afrique* »[66]. D'une certaine façon, elle ne surmontera jamais tout à fait cette perte survenue lorsqu'elle avait vingt et un ans, de façon fulgurante et de nombreux textes lui sont dédiés :

Mère

Une étoile blanche chante une mélodie funèbre
Dans la nuit de juillet.
Comme sonne le glas dans la nuit de juillet.
Et sur le toit, la main des nuages,
La main vagabondante et moite des ombres
Cherche sa mère.

Je sens ma vie nue
Qui se sépare du pays maternel,
Jamais ma vie n'a été si nue,

Jamais elle n'avait été jetée comme ça dans le temps,
Comme si j'étais fanée et debout

---

[65] *Ibid.*, p. 38.
[66] *Ibid.*, p. 38.

Derrière la fin du jour
Entre les nuits vastes,
Seule.

Privée du refuge tendre et harmonieux de son enfance, de cette vie privilégiée et facile où l'on faisait salon et recevait de nombreux artistes, Else se définira comme une éternelle étrangère, une a-matride en quelque sorte. Dans une de ces nouvelles, elle décrit le poète Abigaïl qui ne veut pas sortir du ventre de sa mère où il compose des chants qui s'apparent au Cantique des cantiques, par peur d'affronter un monde vécu comme terriblement hostile et chaotique.

Elle incarnera un autre personnage à travers la personnalité de Tino von Bagdad, une grande poétesse d'Arabie. Ne se sentant plus nulle part chez elle, elle semble errer à travers toutes ces identités d'emprunt : « (...) *et puis nous allons nous promener toute la nuit, mais vous devez me prendre par la main, car je suis partout une étrangère. Mais je sais aussi dessiner et bientôt je vais vous envoyer mon palais à Bagdad. Je suis très triste, Sire, je ne comprends pas la langue de ce pays. Je ne suis pas de son pas et je ne sais pas lire l'écriture de ses nuages*[67]. »

Fuyant la réalité, la vie est pour elle un songe et elle trouve dans ses écrits le seuil lieu habitable ou supportable où elle se sent un petit peu chez elle, comme elle en témoigne dans une de ses lettres : « *Dans vos poèmes on trouve un chez-soi et le monde est tellement sans patrie, car l'humanité est à la recherche, on ne peut donc trouver une patrie en elle*[68]. » Seul l'écrit lui permet de supporter cette existence où partout elle se sent à l'étroit, déplacée...

[67] *Ibid.*, p. 39.
[68] *Ibid.*, p. 25.

La métaphore est pour elle cette ouverture vers un ailleurs qui l'emporte dans un univers où il n'y aurait plus de frontière entre la vie et la mort, où le temps n'aurait plus cours : « *La vie me tue et l'image me fait renaître* ».

De cette enfance remplie d'amour, de ce ciel azuré, elle cherchera partout la trace qu'elle ne retrouvera qu'à travers son œuvre poétique qui est pour elle comme nous l'avons vue sa seule patrie : « *C'est en soi qu'il faut chercher le ciel. De préférence, il s'épanouit dans l'homme. Celui qui l'a trouvé, dans un étonnement encore bleu, un regard bienheureux tourné vers les hauteurs, celui-là doit prendre grand-soin de sa « fleur-ciel ». D'elle naissent les miracles, et ce sont d'innombrables miracles qui font l'au-delà*[69]. »

Elle épouse en 1894, un médecin berlinois, Berthold Lasker et étudie le dessin. Puis fatiguée de ce mariage, elle succombe au charme d'un grec Apollydès avec qui elle va vivre une extravagante passion. Elle donne naissance à son fils Paul dont on ignore le père qu'elle aimait à définir comme un étranger ou un bohémien de passage. Doué pour le dessin, il mourra précocement de la tuberculose à l'instar de son frère Paul. Elle s'intéresse alors à la Kabbale qu'elle étudie. C'est à ce moment-là qu'elle publiera ses premiers textes. Bohême et séductrice, elle écrit dans les cafés et vit dans une chambre meublée. Fantasque, elle évoque d'invisibles présences ainsi que la visite chez elle du roi David. À l'arrivée des nazis au pouvoir, elle est battue et laissée pour morte et décide alors de s'enfuir en Suisse puis elle est contrainte de fuir en Palestine où elle ne se sentira jamais intégrée à la communauté juive. Le retour à la Terre promise ne fut pour elle qu'un lent cauchemar.

Bien qu'elle bénéficie du soutien de sa communauté, elle semble développer une sorte de sentiment de persécution que rien ne justifie si ce n'est ce déracinement subit, cet exil

---

[69] M. Rachline, *La Muse de Berlin*, Paris, Olivier Orban, 1987, p. 30.

qui la plonge dans un univers inconnu qu'elle vit comme hostile.

Else n'aura donc de cesse de poursuivre son enfance qu'elle décrivait comme une sorte de paradis perdu désormais inatteignable et qui la conduira à éprouver un perpétuel sentiment d'étrangeté. Rejetée de l'Eden, l'œuvre est pour elle une tentative de réparation, sa seule patrie où l'être humain devient alors une « sorte de fragment de l'harmonie universelle » :

Le mal du pays

Je ne sais pas la langue
De ce pays froid,
Et je ne sais pas marcher à son pas.

Les nuages aussi qui passent,
Je ne sais pas les déchiffrer.
La nuit est une reine disgracieuse.
Je dois sans cesse penser aux forêts des pharaons
Et j'embrasse les images de mes étoiles.
Déjà mes lèvres s'illuminent
Et parlent du fond des temps,
Et je suis un livre d'images plein de couleurs
Assise sur tes genoux.
Mais ton visage tisse
Un voile fait de pleurs.
On a crevé les coraux
De mes oiseaux chatoyants.
Leurs nids doux se pétrifient
Dans les haies des jardins.
Qui embaument mes palais morts
Ils portaient les couronnes de mes ancêtres,
Leurs prières s'engloutirent dans un fleuve sacré.

Dans cette temporalité qui pour elle n'est qu'une perpétuelle errance, l'écriture constitue une sorte de fil tendu sur l'abîme, où l'imaginaire lui permet de retrouver ce temps d'avant la chute, dans lequel ressurgit le visage tutélaire de sa mère à la fois doux et triste. Elle-même semble alors avoir été happée par le passé et par sa propre enfance que symbolisent ces « coraux" crevés qui font écho aux images de corail que sa mère contemplait inlassablement : « *Dans n'importe quel pays où je vais aller, mes pieds vont marcher sur la terre rouge comme sur un tapis écarlate. Et les sommets des rochers les plus hauts se pencheront sur moi en me souriant comme ma mère*[70]. »

Ceci n'est pas sans évoquer les écrits de Rose Ausländer qui elle aussi connaîtra l'exil vers l'Amérique en tant que juive allemande. Il y a de multiples correspondances entre ces deux œuvres poétiques : le souvenir du pays natal et l'évocation persistante de la mère. La mort de cette dernière condamnant le poète à l'errance. La nostalgie du retour au pays natal s'exprime d'ailleurs par un terme particulier le « Mutterland word ». Comme si seul le mot pouvait désormais redonner vie à ce qui a été perdu :

« Ma patrie est morte
ils l'ont enterrée
dans le feu
je vis
dans ma matrie
le Verbe[71]. »

[70] C. Tudyka, *Op. Cit.*, p. 91.

[71] Cité par J. Lajarrige, « Persistance de la mémoire : le mal d'être dans la poésie de Rose Ausländer », Germanica, 5/1989, 29-40.

Ainsi le verbe se fait maternel en une sorte d'ancrage ou de port d'attache symbolique. Il s'agit alors d'allier l'ombre à la lumière et de témoigner à travers le langage qui devient ainsi vecteur de rédemption :

« Affamé de patrie
nous enterrons notre mort quotidienne
dans les mots
qui seront notre résurrection. »

Comme elle l'exprime à travers le mythe de Faust, seule l'éternité est pour elle la fin de l'exil au sein de cette prison terrestre où elle abandonnera son corps fatigué « *entouré de lilas aux derniers jours de Mars* » pour retrouver en la figure de l'Ange, ce visage maternel protecteur qui lui aura ouvert les portes de l'imaginaire et d'un possible salut en terre de poésie.

Adulée à Berlin et reconnue en tant que poétesse, elle meurt seule à Jérusalem, dans une extrême déréliction.

Fuir le monde

Je veux regagner le sans-limite,
Faire retour vers moi.
Le colchique de mon âme
Fleurit déjà.[72]

[72] Else Lasker-Schüller, *Secrètement, à la nuit,* Paris, éd. Héros-limite, 2011.

« Peau d'âme » de Catherine Pozzi

Nous voudrions ici nous attacher à cette œuvre iconoclaste et éminemment singulière écrite par Catherine Pozzi, quelques mois avant sa mort intitulée *Peau d'âme.*

Rappelons qu'elle est née en 1882 et qu'elle est la descendante d'une famille protestante du côté de son père. Au-delà de l'aspect biographique et de sa liaison complexe avec Paul Valéry, son mariage raté avec un acteur, ses liens avec de multiples artistes connus, et son érudition, ce qui nous interroge ici c'est cet étrange texte qu'elle aura légué à la postérité. Épuisée par des années de lutte contre la tuberculose, elle compose alors son testament littéraire ainsi qu'une série de poèmes. Ce texte peu connu semble constituer la quintessence même de sa quête à la fois philosophique, scientifique et spirituelle.

Peau d'âme peut se lire à la fois comme un traité scientifique, philosophique, une quête mystique, et bouleverse ainsi toutes les catégories littéraires. Il répond à cet ardent désir de C. Pozzi d'essayer de fonder sa quête mystique sur les récentes découvertes de son époque, dont la découverte de l'atome. En cela elle reprend à son compte l'héritage transmis par son ascendance paternelle. Son grand-père, pasteur à Bergerac avait cherché à démontrer dans un livre intitulé *La Terre et le récit biblique de la création* que les récentes avancées scientifiques ne mettaient pas en question l'orthodoxie religieuse. C'est exactement la thèse qu'elle défendra toute sa vie en essayant de parachever en quelque sorte l'œuvre ébauchée par son grand-père, Dominique Pozzi. Toutefois comme elle s'en explique dans son Journal, il convient de lire *Peau d'âme* comme un long poème où la pensée danse sur le fil de l'infini : « *Enfin le monde ne m'est plus une confusion, il est un extraordinaire poème dont je sais les raisons, autant qu'une étroite appréhension vivante les peut assembler*[73]. »

Ceci nous semble être très profondément le fil conducteur de sa quête et de sa soif d'apprentissage. Ainsi, abordant les rivages ultimes de la mort, elle cherchera à étayer son espérance dans une sorte de vérité qui engloberait toutes les disciplines, et les transcenderait en affirmant par exemple la persistance d'une forme d'énergie dont la théorie quantique aura ouvert la voie : « *J'étais faite pour chercher avec le microscope du savoir la racine subtile de l'esprit, mais je croyais toujours avoir le temps. J'étais faite pour retrouver peut-être dans un symbole de vertigineuse biologie la justification de l'étrange dogme catholique*[74]. »

Tout au long de sa courte existence, elle cherchera donc à définir si la vie n'est que matière ou également esprit, à conjoindre physique et métaphysique. Le postulat de la matière désormais pensée en termes d'énergie ou de rayonnement permettant alors d'ouvrir la voie vers de nouvelles spéculation, et d'étayer cette théorie de l'âme, comme possible principe immatériel survivant à la cage étroite de ce corps. C'est précisément ce que nous indique ce titre, *Peau d'âme*, qui constitue comme une sorte de tentative de trait d'union entre ces deux principes.

Sans cesse son parcours oscille entre science et mysticisme, voire même entre le rationnel et le surnaturel, puisqu'elle fait également d'étranges expériences médiumniques notamment après le décès de son premier amour Paul Freinet dont elle a le pressentiment et la vision, la nuit même de sa disparition. De la même façon elle décrit le processus d'écriture comme une dictée : « *Tout se passe,*

---

[73] Cité par P. Boutang, *Karin Pozzi et la quête de l'immortalité*, Paris, La Différence, 1991, p. 38.

[74] A. Malaparde, *Catherine Pozzi, architecte d'un univers*, Paris, Larousse, 1994, p. 68.

je le vois instantanément, quand je me mets au travail, comme si je conversais avec quelqu'un. Je me mets en état de réceptivité et d'attention ; j'écoute, j'attends, je questionne, et une brusque réponse survient. Je l'écris : souvent, il me semble que je l'ai écrite à peu près, infidèlement. Je ne suis pas intellectuellement à mon aise ; j'aperçois que la solution n'est pas là, n'est qu'approchée. Alors, j'écris toutes les hypothèses possibles.[75] »

Le poète est alors désigné comme le récepteur ou le scribe de tous ces signes émis par l'univers à travers le temps et l'espace : *L'univers envoyait des signes et n'était que signe ; mais la vie n'existait pas opposée au signe, et il y eut des milliards d'années de signes perdus*[76]. »

Ce qui frappe également à la lecture de ce texte est l'extrême ironie de certains passages où se déploie un humour très caustique qui vient entrecouper le sérieux des spéculations théoriques : « *Descartes (faites le salut militaire) qui suscitait un JE-DIEU et l'Univers n'était déjà plus qu'une Étendue pour son derrière (...)*[77]. » De sorte que ce court traité inclassable à la fois poétique et théorique fait plus état d'une quête quede dogmes ou de certitudes. Il interroge à la fois notre rapport au temps, à l'espace, à la sensation, et pour finir pose l'ultime et fondamentale question, celle d'une survie possible de l'âme : « *J'ai deux corps, CHAIR-ET-SANG et PLAISIR-ET-PEINE : CHAIR-ET-SANG est un endormi, PLAISIR-ET-PEINE est comme un cri ; ils sont toujours inséparables. CHAIR-ET-SANG est un carbure d'hydrogène à très grosses molécules, PLAISIR-ET-PEINE est si ténu que Lucrèce en fit un poème. Tout le monde parle à CHAIR-ET-SANG, je ne parle qu'à PLAISIR-ET-PEINE. CHAIR-ET-SANG paraît persister, mais suit la seconde loi de thermodynamique et*

[75] *Ibid.*, p. 149.

[76] Catherine Pozzi, *Peau d'âme,* éd. De la Différence, 1990, p. 37.

[77] *Ibid.*, p. 28.

finit mal. PLAISIR-ET-PEINE paraît s'anéantir à la vitesse du cadran à secondes, et il a l'immortalité. Je quitterai CHAIR-ET-SANG un jour, emmenée par PLAISIR-ET-PEINE. Mais vers où, Vierge souveraine ?[78].

Parallèlement à Peau d'âme, C. Pozzi aura également légué à la postérité un testament poétique qui consiste en une sélection de six poèmes. Cette série de textes peut se lire comme une sorte d'ascension progressive vers l'extase et la sortie hors de soi : *« on serait dans l'espace du pur sentir, dans l'instant éternel, dans le toi-moi, et ce ne serait ni la vie ni la mort, ni la veille, ni le sommeil, ni plus toi ni moi, mais tout et l'Un*[79]. » Libérés de nos attaches, de tous nos liens ou amours terrestres, ayant traversé toute une série d'incarnations successives à travers l'espace et le temps, l'âme se dépouille peu à peu du voile des illusions, pour entrer dans l'inconnu, ainsi que l'exprime le texte intitulé Scopolamine :

« Mon cœur a quitté mon histoire
Adieu Forme je ne sens plus
Je suis sauvée je suis perdue
Je me cherche dans l'inconnu
Un nom libre de la mémoire ».

Ayant alors accompli ce qu'elle vivait comme une mission, elle s'éteindra, dépouillée de toute vanité avec simplement en guise de viatique « une rose au cœur » :

---

[78] *Ibid.*, p. 124.

N'ayant absolument plus aucun espoir
Ne comptant même plus sur l'intelligence,
Comprenant que la gloire est pour les heureux ;
Empêchée de vivre de ce corps foudroyé,
Les amis étant morts,
La science utile étant pour les vivants ;
Objet d'étonnement à ceux qui passent,
Scandale à ceux qui se contentent,
Assise sans presque respirer
Elle travaille,
Une rose au cœur.

Geneviève Clancy entre ombre et lumière

Dans un de ces recueils, Geneviève Clancy[80], semble donner elle-même la définition la plus juste de la singularité de son style et de sa quête : *« Tous les témoins ont parlé d'elle comme d'une écriture allant de l'infini à la chair. Quelle est cette rumeur qui avertit de la perte que porte en elle la parole dans le combat du silence et du temps ?*[81]*.* » Sans cesse, ses écrits interrogent notre fugitive incarnation vouée à la séparation et à l'incomplétude mais habitée par la quête de l'unité comme un impossible envol. Cette aspiration permanente entre abstraction et temporalité crée une tension ou un déchirement qui ressurgit à chaque page. Si la totalité reste inatteignable, nous ne pouvons, pense-t-elle, en saisir que quelques éclats contradictoires. Ces lueurs ne sont que l'ombre projetée d'une lumière qui nous reste inaccessible mais qui hante l'œuvre comme sa part d'indicible.

L'usage de la métaphore ou de l'aphorisme, dépouillé de tout imaginaire, vient pulvériser ou atomiser le sens, dans l'espoir de frayer un passage vers cette part d'inconnu qui entoure notre réalité. Ainsi, elle préfère au triomphe de la signification, « *Le vol descellé des fragments sur le sens* ». En cela, elle semble renouer avec ces temps premiers où la philosophie ne se séparait pas de la poésie, ce dont témoignent les présocratiques et notamment Héraclite. Nietzsche par la suite reprendra à son compte cet héritage originel. En effet pour lui le concept n'est que la trace d'une métaphore oubliée. En ce sens, toute théorie n'est en définitive qu'une fiction.

---

[80] Professeur d'esthétique à la Sorbonne, elle fut également directrice de la collection « Poète des cinq continents » aux éditions l'Harmattan.
[81] G. Clancy, *Vents des présences*, Paris, L'Harmattan, 2002, p. 23.

Pour atteindre cette part d'infini, il faudrait pouvoir s'affranchir des images et n'être plus que pure vision sans intermédiaire. Afin de libérer en quelque sorte cette part d'inconnu qui entoure toute chose, comme un halo : « *Lorsque le poème capte un fragment du passage des choses, il entoure son énigme d'un trait de lumière.* »[82]Les mots portent la trace de cette aspiration permanente à la « voyance » tout en étant voués à une irrémédiable impuissance. Jamais ils ne peuvent coïncider avec la chose elle-même. Si les mots « *ne consolent* » pas, ils témoignent cependant de ce que G. Clancy nomme « la présence », et donc de notre « être au monde » à la fois tragique et radieux : « *Entre les plis d'effroi et de peines du monde quotidien, le poème peut redonner sa puissance de lumière à un arbre, une étreinte parce qu'il délivre le réel sans y superposer une autre vue. C'est cela rétablir la présence par l'éclair où l'image fait être la profondeur qu'elle appelle. Là s'engendre une autre histoire qui perd sur le temps pour devenir immortelle*[83]. »

De sorte que seule l'obscurité, ce que G. Clancy nomme « la nuit », pourrait peut-être nous rapprocher de ces vertigineuses profondeurs vers lesquelles tendent l'œuvre : « *Le poème se fait passeur d'une énigme où la parole univers de l'Être élit le mot non pour son sens mais pour sa nuit. La nuit des mots écoute originaire où s'entend rêver la profondeur des mondes... En nuit l'océan prend la parole par notre intimité première avec l'illimité, il énonce sa profondeur comme un manifeste de l'insondable (...)*[84]. » Mais « ce bord de nuit » de la pensée peut-il être réellement atteint autrement qu'à travers notre propre disparition, sorte de point-limite qui hante le poème comme la face cachée

---

[82] G. Clancy, *Aphorismes*, Paris, L'Harmattan, 2006, p. 10.
[83] Cité par N. Barrière, *Notre Dame des Oasis* : Geneviève Clancy, la beauté résistante, Paris, L'Harmattan, 2011, p. 16.
[84] G. Clancy, *Cahiers pour la nuit*, Paris, L'Harmattan, 2004, p. 7.

d'un Réel impensable ? De sorte que le poète ne peut que témoigner de cet insondable et originaire mystère qui nous habite, dont il se fait « le passeur » ou le témoin :

« La part de l'invisible est peut-être cette minceur du verbe d'où l'on voit l'arbre et la tombe mêlant leurs fruits.
Le témoin parle :
- de l'aurore obscure de l'oubli
- de la terre entre miel et mort
- de l'impossible nudité
- de la brûlure
Du cercle sur l'éblouissement du voyage[85]*. »*

Le signe ne serait donc qu'un palier vers « l'inconciliable » qui nourrit une sorte d'errance sans fin : *« Quel nomade dessine la frontière des choses ? Larmes liées aux larmes que l'homme porte du désert au fleuve et l'on parle de ce ciel caché sous la chair et qui efface l'âge des espaces. »*[86] De sorte que la parole poétique ne peut être *réellement* chez elle, nulle part. L'étranger ou l'étrangeté est son lieu. Du soleil, nous ne connaissons que son ombre projetée qui dessine les contours de ce monde sensible qui est la seule réalité que nous pouvons approcher.

Portant la nostalgie du « Tout », l'écrit tisse à travers blessures et absence, la trame de nos vies entre incessantes métamorphoses et pertes : « *Sans doute faut-il réapprendre à lire les fleuves, la clarté des sources, l'émotion du vent et de l'arbre pour prendre la mesure des effacements et des absences qui font l'obscurité de notre devenir*[87]. » L'unité ne peut, en définitive, s'atteindre qu'à travers les visages changeant de l'altérité qu'interroge inlassablement la parole poétique dans son épiphanie : « *Il y a cette coupe de*

---

[85] G. Clancy, *Vent des présences*, *Op. Cit.,* p. 33.
[86] G. Clancy, *Cahiers pour la nuit*, *Op. Cit.,* p. 30.
[87] G. Clancy, *Vent des présences*, op. cit., p. 30.

temps où l'avenir se suspend pour laisser voir le Tout. Puis le poids revient sur l'éveil nous rendant à la nostalgie.

Est-ce la présence ?

Il y a cet appel mélancolique qui monte de la beauté, écho de nos peurs à briser les attaches des rêves qui ont perdu la mémoire du vol.

Est-ce la présence ? (...)

La présence, passeur traversant les formes pour délivrer les profondeurs qu'elles retiennent...[88]. »

Entre ombre et clarté, inlassablement, G. Clancy n'aura donc jamais cessé d'interroger cet espace intermédiaire où toute chose se donne à lire à travers le miracle de son apparition : « *Quelle entre-lumière disperse les lignes de blessure, comme pour celer l'œuvre d'écriture où vivre soit ce qui le lie au tragique ?* »[89]. La nostalgie de l'unité qui hante l'œuvre ne peut nous faire oublier que nous n'existons que dans l'espace de la dualité, de la contradiction. De sorte que la pure beauté serait en quelque sorte sans médiation, à l'image d'un monde guéri « *de l'attente et de la séparation.* » Cette pensée de la limite ou du seuil éclaire encore notre chemin de ces saisissantes et inoubliables métaphores où « *l'œil dans la nuit devient soleil* » à travers « *La marée haute des passeurs d'infini* » : « *Elle parlait de cette manière d'errer à l'accueil des choses, de toucher l'âme comme une pierre dans l'arbre, de fixer l'immobilité torride de l'horizon sur les ombres d'amant, d'entendre le poids de la lumière, de traverser le devenir dans ses figures hissées d'éternité visible*[90]. »

---

[88] *Ibid.*, p. 10.
[89] G. Clancy, *Vent des présences*, op. cit., p. 9.
[90] *Ibid.*, p. 15.

III. Le poème jardin

La poésie insulaire d'Heather Dollohau

Sur son île de Bréhat balayée par les vents, Heather Dollohau écrivait des poèmes comme autant de jardins ouverts sur l'horizon. À l'abri de ses murs, le jardin est pour elle déjà un ailleurs « *où la mort se visite comme la vie/tout est à deux pas* » et devient le paradigme de cette existence toujours « entre-deux », entre ombre et lumière, joie et douleur, manque et plénitude. C'est cette faille ontologique ou cette déchirure originaire qu'interrogent ces textes, inlassablement. Comme la vie, ce petit lopin de terre à contempler, qui nous est imparti, constitue en fait une sorte de miracle quotidien :

Mais si tout n'était que perte
Par le passage des glaives
Et en chaque être se courbait
L'eau lisse de sa chute
Il y avait aussi les jardins
Avec la bénédiction des murs
Où le vent, de ses lèvres
Soufflait l'heure
Par l'horloge des graines[91].

La floraison du texte s'oppose à cette perte où chaque être se courbe vers l'inévitable chute. Le poème se fait alors demeure ou abri où tenter de sauver quelques fragments de lumière. Il devient ainsi la maison de l'être :

[91] H. Dollohau, *La Terre âgée*, Folle avoine, 1996, p. 89.

Un poème est une forme d'habitation
Un abri sommaire
Contre les intempéries de l'oubli
Perpétuant l'ombre tressée d'une clarté
Près d'un chemin au bord de son effacement
Sous le seuil de l'herbe

Cette écriture insulaire, où chaque texte forme comme une sorte d'enclos protecteur, tente de capter ce mystère de l'épiphanie de l'être à travers la grâce de l'instant, espace ouvert par une porte d'absence. Cette ouverture où surgit le manque vient fracturer cet espace plein du jardin en inscrivant un vide, rompant ainsi l'illusion de la totalité :

Un jardin dans une île
En clos oblique y pénétrer
Pour être défait de soi
Ici dans le royaume de la rose

Les parfums ont des voix
Chacune unique un concert
Pour les aveugles prêtant vue[92]

Les sons révèlent le multiple
D'un monde son infini
Où tout se trouve si l'absence
Est une porte

Le monde ne nous est donné qu'à l'ombre de nos fêlures et pour Heather Dollohau, c'est ce manque qu'il nous faut inlassablement interroger : « c'est dans l'entre-deux que le monde est réel » à travers la contemplation de la nature se déploient laconiquement les aphorismes tranchants de l'existence :

---

[92] *Un regard d'ambre*, Folle avoine, 2008, p. 64.

La vie est une barque
Le tracé d'un passage entre deux eaux
Un mur des absents pour les marins du miroir
Dans un lieu de rien pour la poursuite de tout[93].

D'une certaine économie de moyens naît ainsi la générosité du poème qui déploie ses incessants paradoxes entre le Tout et le Rien. La prodigalité surgit d'un regard qui sait contempler cette abondance offerte à travers l'humilité de quelques insignes quotidiens dont le poète se fait le porte-voix :

Le goût de l'impossible
Dans le possible – ou est-ce
Le contraire ? Le sentiment
Intense que peu suffit car
Tout déborde. Un feu tournant
Qui illumine les composantes
D'une vie pour les loger

Le poème devient ainsi une sorte de « prière vers le dehors », la contemplation d'un horizon où toute chose ne semble exister que pour être contemplée et dite à travers la fracture du mot qui nous laisse toujours cependant–dans l'éloignement de la distance. Cherchant l'ailleurs, seul l'indicible nous est ainsi offert :

La vie est-elle une volonté de poème
Quelque chose que nous n'avions pu rejoindre
Mais qui reste toujours à l'horizon des mots
Leurre ou promesse
Une illusion d'entrée là où nous sommes

---

[93] *La Terre âgée*, p. 89.

Cette promesse jamais atteinte d'unité semble flotter sur le poème comme un ciel inatteignable. La beauté cependant se déploie et fait rempart à la peur à travers le calice vibrant de couleurs d'une simple fleur s'opposant à la perte par la plénitude insolente de sa présence :

Dans le jardin échevelé
Les roses fleurissent
En haut d'un poirier
La beauté est un bien
La peur crée des lieux
Mémorables
Habités par des absents
Comme la mort elle donne
Le profil des choses
Et le havre de leur substance
Reste le rire de roses
Leurs volutes ardentes

En cette demeure du texte, surgit donc ce pur étonnement d'exister où poésie et peinture décrivent les couleurs du réel quand la déchirure se fait chemin. Le recours à ce que Heather nomme le « vrai imaginaire » offre la chaleur d'un âtre de mots flamboyants où se réchauffer l'âme face aux assauts du réel :

« Par les eaux d'oubli la terre est miracle
Et parfum perpétuel
Soudain au cœur de la rose
En marchant à travers champ
Nous sommes le paysage
Et sur la page les mots
Bercés de blanc. »

Ainsi le poème porte l'amour de la question et du désir d'être à la fois « dehors et dedans » pour que toute chose nous traverse et nous transperce de son chant éclatant :

Un poème naît des pressions de la lumière et de
L'ombre pour devenir un espace que l'on traverse :
En même temps une mouvance et un lieu. Les mots
Sont les meubles de cette chambre invisible, on les
Place devant le feu ou près d'une fenêtre à contre-jour.
Pour habiter il faut sentir les distances et regarder
Dans les miroirs où le dehors est aussi dedans.
Le travail se fait entre le noir d'une écoute et la
Clarté d'un appel dans la nécessité absolue d'approcher
Les réponses qui révèlent les questions. Quand
Le poème est fermé ouvert, quelque chose respire[94].

De sorte que « l'autre poème » serait à l'unisson de l'herbe courbée par le vent et du vol de l'oiseau qu'Heather, en son nom de lande et de bruyère aura su mieux que quiconque capter dans le frémissement du texte comme un flamboyant coucher de soleil :

L'autre poésie celle qui n'est pas écrite mais que
L'écriture projette. L'herbe transparente d'un semis
D'encre[95].

Les mots deviennent alors ces galets « que la transparence de la mer dote d'existence », dans un perpétuel présent où se lit la saveur de l'instant, en cette poésie de la présence qui est « la mise au clair du monde dans son resplendissement d'or » selon les mots d'Heidegger cités par Heather :

---

[94] *Un regard d'ambre*, p. 69.
[95] *La Terre âgée*, p. 101.

Le vol d'une rose
Dont le voyage bref
En berceau d'ombre
Prépare une renaissance
Sur la table des mots
(...)
La joie du don
De ce qui n'est pas à soi
Où seulement un peu de temps
En charge les doigts
La geste du matin
D'une fleur unique
D'une rose rose
Qui n'est pas futur
Mais présent parfait
Soudain sans bord[96]

[96] *La Terre âgée*, p. 101.

La « fleur du monde » de Kathleen Raine

Si le monde de l'enfance est pour Kathleen Raine un jardin paradisiaque qui tourne autour de la sphère maternelle dans les landes écossaises, son tout premier souvenir se rapporte à l'image de fleurs de groseilliers longuement contemplées, comme le relate le premier volume de son autobiographie [97] : « { ...} *je les contemplais, ces corolles minuscules et parfaites, au cœur secret, dans le ravissement d'une connaissance extatique* ». Ce ravissement s'accompagne d'un sentiment de reconnaissance et de présence totale. Expérience d'union ou de réunification avec la nature qu'elle n'aura de cesse de vouloir réitérer à travers sa vocation artistique et que de nombreux poèmes ne cessent de célébrer :

J'avais pensé écrire un poème différent,
Mais, m'arrêtant un instant dans mon jardin à l'abandon,
J'aperçus, tout d'un coup, le paradis descendant dans le soleil matinal filtré à travers les feuilles[98].

Il n'est pas anodin de noter que le premier geste de son père à sa naissance fut de glisser entre les doigts du nouveau-né, une rose. C'est donc sur une fleur que s'ouvrit en réalité son premier regard. Cette « extase » florale fait donc écho à cette inscription symbolique paternelle au sein de la beauté du monde qui lui est ainsi donnée à contempler. De sorte que la fleur deviendra progressivement pour elle le paradigme de la création poétique à l'issue d'une expérience qui semble faire écho à ses premiers regards.

---

[97] Kathleen Raine, *Adieu prairie heureuse*, Paris, Stock, 1973, p. 29.
[98] Kathleen Raine, *La Présence*, Lagrasse, Verdier, 2003, p. 45.

C'est toutefois sa mère qui lui transmettra ce goût pour la poésie, elle qui récitait le paradis perdu de Milton au grand vent de la lande et qui se mit à lire les Upanisads à plus de quatre-vingt-dix ans. L'enfant connaîtra ses premiers émerveillements dans ses terres écossaises dont elle gardera toute sa vie la nostalgie comme d'un éden perdu. Après des études de botanique à Cambridge et deux mariages qui se solderont à chaque fois par un divorce, elle se tourne alors définitivement vers la littérature.

C'est durant l'été 1940, dans la cure de Martindale, qu'elle connaît une expérience extatique similaire à celle de sa première enfance. Elle est assise à sa table de travail, en train d'écrire un poème. Devant elle, se trouve un vase contenant une jacinthe. Elle se sent alors happée dans tout son être et a alors l'intuition claire et irréfutable du flot intarissable de la vie : « *Cette forme dynamique était, semblait-il, d'ordre spirituel et non matériel, ou elle était une matière plus subtile, ou encore la matière elle-même perçue comme esprit* »[99]. En cette théophanie de la vérité, ainsi qu'elle l'a décrit, vérité et beauté se présentent dans l'instantanéité d'une perception pure : « *Je ne voyais pas la fleur, je la vivais. J'éprouvais cette vie de la plante comme un lent flux ou écoulement de lumière liquide, d'une pureté absolue. J'appréhendais, confondu en une même essence, structure formelle et processus dynamique* ».

La jacinthe n'est donc pas vue, elle est vécue, en une totale symbiose. L'expérience visionnaire de la jacinthe permet à la poétesse de se percevoir elle-même rayonnant de la même force de vie ; le cœur animé de soleil, d'or saturnien, pour lui permettre la transmutation poétique : « *C'est moi, le savais-je, je suis cette fleur, cette lumière est moi-même* ». Ainsi la fleur réalise-t-elle la synthèse entre le plan matériel et spirituel où se donne à lire cet au-delà du monde qui devient le paradigme de la quête poétique de

---

[99] Kathleen Raine, *Le royaume inconnu*, Paris, Stock, 1975, p. 212.

Kathleen Raine recherchant l'unité ultime sous les reflets changeants de la diversité : *« Je commençai à percevoir qu'il y a un ordre dans la vie, ou plutôt que la vie est un ordre, aussi effacé et dégradé soit-il, et pour la première fois depuis mon enfance, je sentis que j'étais chez moi.*

Tout se passe alors comme si elle percevait les choses dans leur réalité, sous leur vrai visage « *comme si j'étais dans ma véritable patrie, là où dans un certain sens, j'avais toujours été et je serais toujours. Ce sentiment quasiment permanent d'exil et d'incomplétude qui est, je suppose, l'état de conscience normal de l'homme s'était dissipé comme un voile tombe devant les yeux* »[100]. Ceci la relie imaginairement à sa mère qui sur son vieil âge lui avait raconté une expérience similaire où un jour qu'elle était assise parmi les bruyères, elle avait vu« *que la lande était vivante* » et renvoie également à un souvenir de sa grand-mère maternelle qui possédait un tableau représentant une rivière en crue qui bondissait sur ses cailloux. Ce tableau était la fenêtre par laquelle elle s'évadait pour échapper à son univers de briques. Elle lui disait qu'elle le contemplait si longtemps qu'elle finissait par avoir l'impression que l'eau était réelle et qu'elle-même était là-bas. De la même façon, Kathleen Raine décrit un ruisseau gonflé d'eau par les pluies incessantes, par lequel elle comprend alors que les êtres humains luttent éternellement contre les grands courants qui les emportent. Si on l'épouse, en revanche, cette force et cette énergie nous soutiennent et deviennent nôtre ainsi que nous l'enseigne le tao. Ce panthéisme et ce goût pour les mythes fondateurs qui lui viennent de cet héritage maternel écossais ne cesseront d'alimenter son œuvre.

La contemplation de la jacinthe réveille sans doute le souvenir de cette vision non dualiste de l'enfant émerveillé par une branche de groseilliers. Surgit alors l'évocation

---

[100] *Ibid.*, p. 213.

d'un temps où la séparation n'avait pas encore cours dans cette sorte de paradis perdu, que chaque poème tendra à faire ressurgir : *Il y avait, au tout début, je m'en souviens, un lieu de bonheur parfait, rayonnant du soleil de Pâques –pure lumière, pure chaleur vivante. Je connaissais mon lieu, car il se confondait avec mon être. C'était là le commencement d'un rêve qui revenait sans cesse au cours de ma prime enfance –le rêve sans doute, de ma naissance au monde.* L'esthétique ne se séparera pas d'une quête philosophique et surtout spirituelle « où vérité est beauté et beauté-vérité » selon les mots de Keats. Elle retrouvera ce même sentiment de retour au pays natal en Inde où, mieux que partout ailleurs, le sacré côtoie en permanence la matérialité. Car pour Kathleen Raine, « *Le but de la vie humaine est la compréhension et l'accomplissement total de cette humanité archétypale, notre identité spirituelle véritable* ».

La nature devient alors le lieu de révélation d'une présence épiphanique dont la fleur se fait l'archétype :

Présente, éternellement présente présence,
Jamais tu n'as cessé d'être
Ici et maintenant en chaque maintenant et ici,
Et tu apportes encore
De ton trésor de couleurs, de lumière,
De parfums et de notes, la chanson du merle dans le soir,
Si claire parmi les feuilles vertes et odorantes,
Comme dans l'enfance, neuve, toujours renouvelée[101].

À l'instar de W. Blake, être poète signifie avant tout pour elle être capable de suivre des yeux le fin tracé « d'une plume d'or » ressuscitant cette vision édénique dont nos êtres déchus ne perçoivent que quelques pâles reflets :

---

[101] Kathleen Raine, *La Présence*, Lagrasse, Verdier, 2003, p. 51.

« *Que sont donc tout l'art et toute la poésie du monde sinon la mémoire du Paradis et le chant douloureux de l'exil* ? [102] Les visions poétiques incarnent ainsi ce lieu symbolique ou le langage rejoint cette lumière pure au cœur de la jacinthe qui devient ainsi le paradigme de la création poétique et de cet au-delà du monde qu'elle n'aura jamais cessé d'interroger :

ANCOLIES BLEUES

Brûlant d'un sombre
Feu, mystère
Allumé de graine en graine,
De jardin en jardin, de printemps en printemps
Indigo
Ombre illuminée
S'enflammant à midi, couleur de ciel nocturne
Des sept rayons le plus intense`
Solennité de la cathédrale bleu splendeur
D'entrailles, secret d'ombrage,
Embrasées dans mon dernier jardin, profonde
Rumeur de lointain, de l'au-delà[103].

[102] Cité par Claire Garnier-Tardieu, *Le voyage poétique de Kathleen Raine*, Paris, L'Harmattan, 2014.
[103] Kathleen Raine, *La Présence*, *Op. Cit.*, p. 75.

Le verger poétique de P. Jaccottet

Tout texte ne serait-il qu'un verger à cultiver, un paysage à parcourir pour recueillir chaque jour la plus infime offrande de beauté. C'est à ce genre de promenade contemplative que nous convie les derniers écrits de P. Jaccottet, qui semblent ainsi se promener à travers les mots et nous donnent ainsi accès à ce jardin qu'il n'aura jamais cessé de cultiver : là où le verbe défie le temps et arrache quelques derniers soupirs à la terre parfois aride d'où peut surgir la brève fulgurance d'une rose…Ce travail patient du jardinier, jour après jour, s'apparente alors à celui du poète élaguant son écriture pour tenter de rejoindre l'essentiel.

De ce jardin secret et patient, métaphore, en quelque sorte, de son travail d'écriture, P. Jaccottet décline les variations, d'un livre à l'autre : « *Aujourd'hui, je dirai seulement de ce jardin que j'y ai vu, d'année en année, la lumière circuler comme un enfant qui jouerait. D'année en année, c'est vrai, je la voyais moins bien, j'avais plus de peine à la suivre, à lui parler. Mais elle jouait toujours sous les feuillages accrus, sans rides, elle, sans cicatrices et sans larmes. Parce qu'elle est entre les choses, elle paraît inaltérable, éternelle même. Et c'est grâce à ces verdures fragiles, à ces jardins changeants, précaires, qu'on la voit. Qu'on y repense un instant entre deux pensées plus sombres ou plus avides. Il faudrait trouver ce qui dirait Dieu, ou du moins une joie suprême. L'obstacle, l'écran qui les révélerait* »[104].

Cette scansion de la lumière se décline à travers sa passion des plantes et des fleurs qu'il ne cesse de célébrer en leur fugace splendeur, symbole classique de

[104] P. Jaccottet, *A travers un verger* suivi de Les Cormorans et de Beauregard, Paris, Gallimard 1984, p. 86-87.

l'impermanence vénérée en ce qu'elle nous rappelle à notre humaine et précaire condition : « *Opulentes, épanouies et légères à la manière de certains nuages (qui ne sont, après tout, que de la pluie encore en ballot, tenue en main) ; de nuages arrêtés, sans s'effilocher, dans les feuilles. Pas plus nuages, néanmoins, que robes déchiffonnées : pivoines, et qui se dérobent, qui vous échappent – dans un autre monde, à peine lié au vôtre. (...) Cela se fripe vite, devient vite jaunâtre et mauve comme de vieilles lettres d'amour dans un roman à la Werther. (...) Pourquoi donc y a-t-il des fleurs ? Elles s'ouvrent, elles se déploient, comme on voudrait que le fasse le temps, notre pensée, nos vies.*

L'ornement, l'inutile, le dérobé.

Saluez ces plantes, pleines de grâce.

Parure vivante, brièveté changée en parure, fragilité faite parure »[105].

La fleur et notamment les iris ou les violettes est également la manifestation de cette épiphanie de l'être que l'œil du poète tente de capter et de ressaisir dans toute sa fulgurance, telle une tache de couleur sous l'ombre mauve des montagnes : « *Questionnant une touffe de violettes découverte en déplaçant du bois. C'est comme si un homme très voûté lisait un livre à même le sol. Les apparitions. C'est de cela que se nourrit la poésie : des prémices. Grâce à elles, il y a moins de répétitions, bien qu'elles disenttoujours à peu près la même chose*[106]. » La nature est donc comme un livre à interroger à travers la plus humble de ses apparitions, et dans l'univers de Jaccottet, rien ne saurait être insignifiant, la grandeur se situe dans le détail, l'anodin, le quotidien, ce que nous ne savons plus regarder généralement : un vol d'oiseau, la lanterne pourpre d'un iris, l'argenté d'un ruisseau, une couleur ocre de pierre

[105] *Ibid.*, p. 18.
[106] Philippe Jaccottet – Carnets : 1995-1998, Gallimard, 2001, p. 19.

sèche effritée par le temps, la neige d'un amandier en floraison. Rien que de très banal en somme, comme une sorte d'herbier d'images et de sensations à reconstituer.

Ainsi, si tout peut faire signe, il s'agit de convertir sans cesse, cette provision quotidienne d'offrandes, pour tenter de vibrer à l'unisson de ce qui nous entoure et ainsi d'être au plus près de la création : « *Takemoto cite, dans La Condition humaine, les propos du peintre Kama, dont le modèle est l'artiste japonais Kondô : « Pour moi, c'est le monde qui compte (...) Le monde est comme les caractères de notre écriture.... Tout est signe. Aller du signe à la chose signifiée, c'est approfondir le monde, c'est aller vers Dieu... (...) On peut communier même avec la mort.... C'est le plus difficile, mais peut-être est-ce le sens de la vie.*

Takemoto cite également un passage sur la poésie, dont il ne donne pas la source, où il semble s'agir de la poésie, dont il ne donne pas la source, où il semble s'agir de la poésie qu'il y a dans les œuvres d'art : « ... ce que nous appelons alors la poésie est peut-être la présence, rendue soudain sensible, de la consonance avec l'univers[107]. »

Cette saisie de l'instant, éternisé par le verbe, tente d'occulter l'inévitable : l'inévitable chute des pétales dispersés par le vent froid de l'hiver qui vient tarir à sa source ce pur jaillissement : « *Tout tient ensemble, ici, aujourd'hui. Même la buée des premières feuilles ombrageant les berges. Rien ne parle d'exil. Rien ne parle de ruine, même pas les ruines. Rien ne parle de perte, même pas ces eaux fugitives, tellement claires qu'on croit que c'est le ciel lui-même qui les a déléguées jusqu'à nous sur ces degrés de pierre*[108]. » Car pour P. Jaccottet vie et mort, ombre et lumière constituent l'éternel balancier qui scande son œuvre oscillant sans cesse entre ces deux polarités :

---

[107] *A travers un verger*, p. 61.

[108] P. Jaccottet, *Après beaucoup d'années, Paris, Gallimard, 2011, p. 25.*

« *J'ai toujours eu dans l'esprit, sans bien m'en rendre compte, une sorte de balance. Sur un plateau il y avait la douleur, la mort, sur l'autre la beauté de la vie. Le premier portait toujours un poids beaucoup plus lourd, le second, presque rien que d'impondérable. Mais il m'arrivait de croire que l'impondérable pût l'emporter, par moments. Je vois à présent que la plupart des pages que j'ai écrites sont sous le signe de cette pesée, de cette oscillation*[109]. »

La lumière du paysage reste alors le seul pilier où s'adosser, ainsi que ce témoignage toujours réitéré que constitue l'écrit de ce qui a été à travers le passage du temps comme un relais à transmettre, une ode à la vie, un hommage rendu à ce que Bonnefoy nommait la Présence : « *Faites passer », disait la terre elle-même, ce matin-là, de sa voix qui n'en est pas une. Mais quoi encore ? Quelle consigne ? On aurait plutôt pressenti, en fin de compte, non pas un abandon, comme d'un bagage ou d'un vêtement superflu, de tout ce que le corps, le cœur, la pensée reçoivent de ce monde-ci afin d'accéder à on ne sait trop quoi qui aurait toute chance d'apparaître diaphane, spectral, glacé, mais un pas à la suite de quoi rien de l'en deçà du seuil, ou du col, ne serait perdu, au contraire ; où tout : toute l'épaisseur du temps, d'une vie, de la vie, avec leur pesanteur, leur obscurité, leurs déchirures, leurs déchirements, tout serait sauvé, autrement présent, présent d'une manière que l'on ne peut qu'espérer, que rêver ou, à peine, entrevoir »*[110].

Il faut alors sans cesse pousser la porte du jardin pour recueillir la lumière ou quelques éclats d'être, déchiffrer ces lettres oubliées surgissant de la terre ou du ciel comme autant de petits météores : « *Ouvrir, ouvrir toujours – ou aussi longtemps qu'on le pourra. Ce qui s'ouvre à la lumière du ciel : la fleur au ras du sol. Comme de*

---

[109] Ibid., p. 19.
[110] *Ibid.*, p. 40.

l'obscurité qui s'épanouirait, ainsi que le jour se lève. Les liserons : autant de petites nouvelles de l'aube éparses à nos pieds. »[111] Et comme souvent dans son œuvre, c'est encore une fleur qui nous délivrera son dernier message : *« Que la rose du chant/Brasille de plus en plus haut/Comme en défi à la rouille des feuilles*[112]. »

« Adossé, vermoulu,
À ce pilier à peine moins précaire,
J'aimerais ne plus délivrer que des paroles
Qui éparpillent les toits
(Car même un toit de paille pèse trop
S'il vous sépare du rucher nocturne).
Des paroles pareilles
Aux actes des fleurs, bleus ou rouges,
À leur parfum.
Je ne veux plus des labyrinthes,
Même pas d'une porte :
Juste un poteau d'angle
Et une brassée d'air.
Déliés les pieds, délié l'esprit,
Libres, mains et regards :
Alors, le deuil nocturne
Est entamé par en bas »[113].

---

[111] *A travers un verger*, p. 10.
[112] *Après beaucoup d'années*, p. 49.
[113] *Après beaucoup d'années, p. 30.*

La minute illuminante d'André Hardellet

« Nul besoin d'aller très loin pour découvrir le large »

À travers ses écrits, André Hardellet nous livre le secret de sa méthode pour atteindre ce qu'il nomme « la minute « illuminante », ce moment ineffable qui le propulse hors du temps et qui nourrit inlassablement son chemin de vie et d'écriture. Infatigable promeneur, il part en quête de sensations, à la recherche de ce qu'il nomme « l'analogie » : il s'agit de dégager dans ce qui nous entoure une ressemblance avec les éléments de notre histoire, d'unir en quelque sorte l'intérieur et l'extérieur.

Ainsi, lors de ses multiples déambulations, Hardellet part toujours d'une image même la plus humble : un arbre, un balcon, un angle de rue, pour faire ressurgir le sentiment d'une ressemblance ou réminiscence où se télescopent le passé et le présent. C'est alors que surgit cette « illumination » proche pour lui du paradis de l'enfance, qu'il s'agira toujours de faire ressurgir : *« Je vous ai parlé d'analogie ; l'art suprême du promeneur consiste à dégager dans ce qui l'entoure une ressemblance avec des éléments de son histoire secrète, avec les parcelles d'un royaume oublié. La rue ou la route, vaut avant tout par ce qu'elle tente de vous confier en son langage de formes et de couleurs*[114]. »

Pour lui, le monde nous appartient du moment que l'on peut étreindre le temps, le contracter à volonté. Il existerait une région où passé, présent et futur se rassemblent et la marche est un moyen d'approcher ce lieu : « *Il suffit de presque rien. Un certain reflet de soleil sur un mur, un tas de pierres, une combinaison d'arbres, une grille, une*

[114] André Hardellet, *Donnez-moi le temps suivi de la Promenade imaginaire*, Paris, Gallimard, 1991.

maison en ruine. Cela me rappelle quelque chose ; impossible d'analyser, de définir avec plus de précision ce que j'éprouve. Si vous voulez : un souvenir en hibernation qui se réveille. Cela dure quelques secondes à peine, mais pendant ces brefs instants je saisissais au vol les images et sensations d'une existence seconde, comme si je m'introduisais dans la mémoire d'un inconnu, je ramasse mon butin ; ensuite, je n'ai plus, pour ainsi dire, qu'à développer ces photos mentales en écrivant[115]*.* »

Au-delà de la perte, il s'évertue ainsi à créer un espace où les choses ne cesseraient jamais d'exister, une sorte de dimension autre. À l'instar par exemple de la recherche esthétique du peintre Masson dans son roman intitulé *Le Seuil du jardin*, pour qui le monde semble proposer une énigme en lui montrant une de ces faces comme une mauvaise copie dont il s'évertue à retrouver l'original. À l'image de son tableau, l'artiste se tient toujours à la porte secrète de ce jardin dérobé qui ramène invariablement aux souvenirs de la maison de ses parents à Vincennes : « *Cependant, à côté de lui, si proche que, souvent, un cristal trompeur semblait l'en séparer, s'étendait cette contrée où rien ni personne ne redoutait de périr, cette terre de la joie enfantine et du savoir définitif. Avec une passion totale, intransigeante, Masson s'accrochait à elle et voulait en exprimer l'essence avec des formes et des couleurs*[116]*.* »

Face au manque, s'érige ce paravent d'imaginaire, l'éventail des mots et des couleurs pour suturer l'entaille de l'existence et faire revivre indéfiniment ce qui s'est enfui : « *(...) le salut réside dans ce sentiment d'être dépossédé de quelque chose qu'on doit reconquérir à tout prix. C'est la pierre de touche. Votre œuvre est là pour vous prouver qu'une vérité subsiste en dépit du temps, en dehors de vous-même.* »

---

[115] *Ibid.*, p. 20.
[116] A. Hardellet, *Le Seuil du jardin*, Paris, Gallimard, 1979, p. 20.

La minute illuminante n'est toutefois pas exactement pour Hardellet un simple souvenir qui ressurgit. Il s'agit en quelque sorte de traverser différentes strates pour atteindre une dimension autre, intemporelle, à l'image du célèbre bal de la chanson tirée d'un de ses poèmes. Le monde devient alors une sorte de musée imaginaire à parcourir, et chacun de ces personnages n'apparaît dans ses écrits, ainsi qu'il le confesse, que pour faire ressurgir par leurs voix ces « minutes heureuses » et inoubliables au-delà de toute limite : *« Le temps mesuré par la pendule se volatilisait, comme la nuit, comme les murs emprisonnant le rayon de la lanterne sourde. Stéphane croyait passer de l'obscurité d'un bois au jour limpide d'une plaine où tout ce qu'embrassait la vue se trouvait miraculeusement réconcilié avec son être profond. Il devenait le chasseur posté devant les éclairs des miroirs tournants, vers midi, entre des meules et des charrues dételées, il devenait l'oiseau qui planait au loin sur le clocher minuscule signalant un village ; il lui suffisait de se penser en quelqu'un pour qu'aussitôt une sorte de mémoire, toujours disponible, lui en rendît le moi oublié*[117]. »

Suivre les pas d'André Hardellet, c'est ainsi se perdre dans les dédales de la mémoire à la recherche « du temps perdu » ou d'un monde oublié, copie sans défauts de notre réalité ressurgissant à travers ce royaume des mots, où survit l'indépassable ardeur d'une enfance inégalée : « *Chacun lutte comme il peut contre l'angoisse de la mort et la solitude ; tracer des mots pour les écarter ne constitue pas l'un des plus mauvais moyens inventés par l'Homme*[118]. »

[117] *Le Seuil du jardin*, p. 84.

[118] *Donnez-moi le temps, Op. Cit* , p. 83.

La parole nomade de Lorand Gaspar

Lorand Gaspar est né en 1925 en Transylvanie occidentale. En 1943 il fuit l'invasion russe pour l'Allemagne, puis le nazisme, et finit par arriver à Paris où il entreprend des études de médecine. Par la suite il deviendra chirurgien à Bethléem puis au Liban. Il séjourne ensuite à Jérusalem où il découvre le désert de Judée puis en Grèce, et finit sa carrière à Tunis où il réside à Si Bou Saïd dans une maison surplombant la mer.

De cette expérience originelle de déracinement ou d'exil imposé, il aura su faire une force ou un mode de vie enclin au nomadisme à la fois existentiel et poétique. Chaque voyage constituant pour lui une sorte d'accroissement de l'existence, un supplément de vie ou de désir : *« à jamais sans racines au-dehors/autre que l'eau, autre qu'aller/dans le cœur ouvert au désir/au battement propre des choses/La part insondable de chacun/Visages de mots à jamais/dissonants, mités, maladroits/toujours éperdus de clarté/en quête d'étendue, la même/Sans bornes dehors ni dedans*[119]*. »* De la même façon, sa rencontre avec le désert est un élément fondateur de son œuvre où il fait l'expérience paradoxale d'un extrême dénuement débouchant sur un pur sentiment de plénitude. Il devient alors ce « sol absolu » qui irrigue toute sa poésie : « *Nuits d'hiver transparentes au désert de Judée, d'une densité, d'une compacité difficile à exprimer. Sentiment de toucher du doigt, d'ausculter les pulsations d'un « corps » qu'aucun extérieur ne vient limiter. Toucher des yeux, des doigts et de l'esprit une « loi » éternelle, au rythme unique qui lie les pierres de ce désert, quelques herbes, mon corps et les aiguilles glacées des étoiles. Crissement de la neige*

---

[119] Lorand Gaspar, *Patmos et autres poèmes*, Paris, Gallimard, 2001, p. 200.

des nuits claires de mon enfance »[120]. De cet horizon sans bornes surgit une sorte d'ivresse ou de fulgurance qui s'apparente aux neiges de l'enfance. Ainsi qu'il s'en explique dans les « Carnets de Jérusalem », le désert n'a jamais été pour lui une figure du néant, bien au contraire, de cette nudité essentielle, surgit le sentiment ineffable de l'insondable : « *Manière de faire affluer dans mon corps, dans ma pensée, ce qui me déborde infiniment »*[121].

Le poète se définit alors comme un Bédouin éperdu de lumière et de mouvement dans l'ouverture illimitée de l'espace. Il connaît alors des « *des matins fous d'étendue/de désert et de mer »,* toujours en quête de « *mots pour courir de vastes étendues/où la lumière se penche et tremble un instant*[122]. » La vie devient alors un perpétuel voyage, une quête de beauté ou d'accroissement qui passe nécessairement par l'enrichissement de l'altérité : « *Dans notre monde de « bruit et de fureur », il nous faut refaire sentiers et lieux en nous-mêmes. Ou dans un sourire. Dans l'écoute de l'autre. Dans un poème*[123]. » Ce nomadisme est ce qui permet l'intensification de la vie dans sa confrontation avec la lumière comme un feu ardent et illimité. Du vide naît l'incandescence et l'ivresse de vivre sans peur et sans limitation : « *désir sans bornes de creuser encore/traverser déserts et montagnes/afin d'encore et encore revenir/à une source en soi plus proche que -/la peur, la joie d'aller à découvert*[124]. »

Ainsi le poème est une marche illimitée à travers la clarté d'une fenêtre où se mêlent ciel et mer. Il le compare à une vitre où il appuie son front pour mieux voir : *le poème n'est*

---

[120] *Feuillets d'observation*, cité par Jean-yves debreuille, Lorand Gaspar, Paris, Seghers, 2007.
[121] Ibid.
[122] *Patmos*, *Op. Cit.*
[123] Cité par J. Y. Debreuille, *Op. Cit.*
[124] *Patmos*, p. 125.

rien d'autre qu'une manière de nous éclairer, de donner un visage au monde, de nous rassembler ». Mais ce cheminement erratique ne débouche sur aucune résolution possible ainsi qu'il le décrit dans « Sol absolu », seul compte la marche ou le mouvement : « *Tous ces chemins que j'emprunte débouchent sur quelque impossible où seul l'exercice vertical de la parole maintient le mouvement : menace, bonheur et perte. Et nulle part de terme qui résoudrait, qui rassurerait. Rien que ce mal étroit, rien que ce large qui excède.* » La poésie est cette parole, fragile, inutile et trouée qui porte en elle à la fois le mystère et la saveur de l'existence. Elle est pure ouverture à la façon d'un sentier ou d'une piste, n'emportant avec elle que le pur bonheur de déambuler…. Le poème ne fait donc pour Lorand Gaspar qu'aggraver le questionnement puisqu'il est « *le texte de la vie même, travaillé par le rythme des éléments, construit, érodé par tout ce qui est ; fragmentaire, plein de lacunes* (…)[125].

À l'instar d'un peintre chinois, la poésie doit savoir combiner le vide et le plein en laissant des zones de brume et d'incertitude pour mieux capter et restituer cette vie ineffable qui pour Lorand Gaspar est une recherche permanente d'ouverture, d'horizon et de fulgurante clarté.

---

[125] *Sol absolu et autres textes*, Paris, Gallimard, 2006, p. 26 et 29.

CONCLUSION

À travers ces quelques portraits traversant à la fois les frontières et les siècles, nous avons tenté d'illustrer cette profonde singularité qui est la signature propre à chaque poète dans son rapport au réel et à la beauté.

Comme l'écrit Alain Dhuault [126], à l'image de ce constant effort humain de « *lever des stèles au milieu du néant* », le poème « *condense de la matière* », comme l'ambre peut conserver un insecte tout en n'ayant de cesse de briser cette fixité pour retrouver les pulsations de la vie. C'est donc dans une sorte de déchirure initiale convertie en chant, que s'origine la poésie.

Ainsi la poésie serait à l'image du ciel, immense et changeante, ouverte sur une transcendance chargée de signes, de nuages, de questions sans fin.

La beauté toutefois ne se délivre qu'à travers la marque de nos blessures, elle est la présence d'une « ab-sens » c'est à dire du vide de toute signification ultime. Le rôle de la poésie n'est donc pas de décrire mais de produire ou susciter la beauté à travers l'expérience du langage. Elle constitue ainsi une réponse à la mélancolie et solitude fondamentale de l'homme, « inscrite dans son insatisfaction essentielle » en introduisant face à l'absence de réponse du réel, la dimension du désir. En ce sens elle est alors selon A. Duault « poésir » unissant cette pulsation toujours désirante à cette énigme portée par le poème et qui le fait poème sans que l'on sache pourquoi.

Il s'agira dès lors de puiser la clarté dans et à travers l'obscur, ou d'écrire comme la mer un texte qui n'aurait pas de fin, vagues après vagues… Ou de se laisser porter par la force des mots qui d'une certaine façon précèdent toujours

---

[126] Alain Duault, *La poésie, le ciel : Petite méditation lyrique*, Paris, Gallimard, 2020.

le poète, ce « guetteur mélancolique » tentant de reproduire ce troublant frémissement de la vie comme un chasseur de papillons ébloui.

Aussi mouvante que l'azur ou les nuages, la poésie ne peut donc se laisser capturer qu'à travers l'écriture poétique elle-même déroulant sans fin ces constellations de métaphores éclairant la nuit…

BIBLIOGRAPHIE

Barrière, N., *Notre Dame des oasis : G. Clancy, la beauté résistante,* Paris, L'Harmattan, 2011.
Boutang, P., *Karin Pozzi et la quête de l'immortalité*, Paris, La Différence, 1991.
Clancy, G., *Vent des présences*, Paris, L'Harmattan, 2006.
Clancy, G., *Cahiers pour la nuit*, Paris, L'Harmattan, 2004.
Cornuault, J., Nostalgie de Wou-Ling, éd. Pierre Mainard, 1999.
Debreuille, J. Y., *Lorand Gaspard*, Paris, Seghers, 2007.
Dollohau, H., *La Terre âgée*, Paris, Folle avoine, 1986.
Dollohau, H., *Un regard d'ambre*, Paris, Folle avoine, 2008.
Duault, A., *La poésie, le ciel*, Paris, Galliard, 2020.
Garde, R., *Ise, poétesse et dame de la cour*, Paris, Picquier, 2012.
Garnier-Tardieu, C., *Le voyage poétique de Kathleen Raine*, Paris, L'Harmattan, 2014.
Gaspar, L., *Patmos et autres poèmes*, Paris, Gallimard, 2001.
Gaspar, L., *Sol absolu et autres textes*, Paris, Gallimard, 2006.
Hàn, F., *Profondeur du champ de vol*, Nîmes, Cadex, 1984.
Hàn, F., *Ne pensant à rien*, Remoulins, J.B Rémond, 2002.
Hàn, F., *L'espace ouvert*, Paris, Librairie St Germain des Près, 1970.
Hardellet, A., *Donnez-moi le temps*, Paris, Gallimard, 1991.
Hardellet, A., *Le Seuil du jardin*, Paris, Gallimard, 1979.
Jacottet, P., *à travers un verger*, Paris, Gallimard, 1984.
Jacottet, P., *Carnets : 1995-1998*, Paros, Gallimard, 2001.
Jacottet, P., *après beaucoup d'années*, Paris, Gallimard, 2015.
Lasker-Schüller, E., *Secrètement à la nuit*, Paris, Héros-limite, 2011.
Malaparte, A., *Catherine Pozzi*, Paris, Larousse, 1994.
Pozzi, C., *Peau d'âme*, Paris, La Différence, 1990.
Qingzhao, L., *Les Fleurs de cannelier*, Paris, La Différence, 1990.
J.P Maulpoix, *La poésie a mauvais genre*, Paris, Corti, 2016.

Merini, A., *Délit de vie*, Paris, Tim buctu, 2015.
Merini, A., *La Terra Santa*, Paris, Oxybia, 2013.
Rachline, M., *La muse de Berlin*, Paris, Olivier Orban, 1987.
Raine, K., *Adieu prairie heureuse,* Paris, Stock, 1973.
Raine, K., *La Présence*, Lagrasse, Verdier, 2003.
Raine, K., *Le royaume inconnu*, Paris, Stock, 1975.
Reverdy, P., *En vrac*, Paris, Flammarion, 1989.
Sapho, *Blanc*, Paris, Bruno Doucet, 2014.
Sapho, *Beaucoup de bruit autour de rien*, Paris, Calman-Lévy, 1989.
Sapho, *Le livre des 14 semaines*, Paris, La Différence, 2004.
Sepheri, S., *Où est la maison de l'ami*, Lettres persanes, 2005.
Sepheri, S., *Le pas de l'eau*, Paris, La Différence, 1991.
Sidali, K., *Wallada, la dernière andalouse,* éd. Sidali, 2020.
Tudyka, C., *l'exil d'Else Lasker-Shüller*, Paris, L'Harmattan, 2007.

TABLE

Structures éditoriales du groupe L'Harmattan

L'Harmattan Italie
Via degli Artisti, 15
10124 Torino
harmattan.italia@gmail.com

L'Harmattan Hongrie
Kossuth l. u. 14-16.
1053 Budapest
harmattan@harmattan.hu

L'Harmattan Sénégal
10 VDN en face Mermoz
BP 45034 Dakar-Fann
senharmattan@gmail.com

L'Harmattan Cameroun
TSINGA/FECAFOOT
BP 11486 Yaoundé
inkoukam@gmail.com

L'Harmattan Burkina Faso
Achille Somé – tengnule@hotmail.fr

L'Harmattan Guinée
Almamya, rue KA 028 OKB Agency
BP 3470 Conakry
harmattanguinee@yahoo.fr

L'Harmattan RDC
185, avenue Nyangwe
Commune de Lingwala – Kinshasa
matangilamusadila@yahoo.fr

L'Harmattan Congo
219, avenue Nelson Mandela
BP 2874 Brazzaville
harmattan.congo@yahoo.fr

L'Harmattan Mali
ACI 2000 - Immeuble Mgr Jean Marie Cisse
Bureau 10
BP 145 Bamako-Mali
mali@harmattan.fr

L'Harmattan Togo
Djidjole – Lomé
Maison Amela
face EPP BATOME
ddamela@aol.com

L'Harmattan Côte d'Ivoire
Résidence Karl – Cité des Arts
Abidjan-Cocody
03 BP 1588 Abidjan
espace_harmattan.ci@hotmail.fr

Nos librairies en France

Librairie internationale
16, rue des Écoles
75005 Paris
librairie.internationale@harmattan.fr
01 40 46 79 11
www.librairieharmattan.com

Librairie des savoirs
21, rue des Écoles
75005 Paris
librairie.sh@harmattan.fr
01 46 34 13 71
www.librairieharmattansh.com

Librairie Le Lucernaire
53, rue Notre-Dame-des-Champs
75006 Paris
librairie@lucernaire.fr
01 42 22 67 13